Pupuze Berber (Hrsg.)

Begegnungen
20 Jahre Literaturclub
der Frauen aus aller Welt

Erzählungen

Bibliografische Information der Deutschen Nationalbibliothek.
Die Deutsche Nationalbibliothek verzeichnet diese Publikation in der
Deutschen Nationalbibliografie; detaillierte bibliografische Daten sind
im Internet über: http/dnb.dnb.de abrufbar.

Zeichnungen: Nadja Bauernfeind
Cover-Design: Pascale Velleine
Alle Rechte gehören den Autorinnen
Herstellung und Verlag:
BoD – Books on Demand, Norderstedt
ISBN: 978-3-74-819158-2

Der "Literaturclub der Frauen aus aller Welt"
wird vom Frauenreferat der Stadt Frankfurt am
Main unterstützt.

Inhaltsverzeichnis

Vorwort

Es war ein wunderschöner Tag im Mai 1997, als ich das Haus im Gallusviertel betrat, wo sich die Schreibwerkstatt von Shirin Kumm befand. Ich kannte sie nicht, nur ihre Prospekte, die an vielen Stellen ausgelegt waren, um das Interesse schreiblustiger Migrantinnen zu wecken. Ihr Motto war: Habt keine Angst vor Grammatikfehlern, denn eure Ideen, Beobachtungen, eure Einfühlung sind wichtiger – auf sie kommt es an.

Trotzdem hatten zuerst nur drei Frauen den Mut – oder die Frechheit? –, sich mit ihrem lückenhaften Deutsch zum literarischen Schreibkurs anzumelden. Aber egal – mit Shirin waren wir ein Quartett, das sich auf Anhieb gut verstand. Denn auch sie war Ausländerin und hatte Verständnis für unsere Sprachhemmungen. Die legten wir jedoch schnell ab. Begeistert lasen wir literarische Texte deutscher Autoren, die uns dann zu eigenen inspirierten.

Im Herbst kamen weitere Frauen aus aller Herren Länder zu uns. Wir sind ans Mainufer umgezogen, wo es noch schöner und lustiger war. Die bunte Mischung der nahe liegenden Altstadt bot uns viele Eindrücke und neue Themen. So brachten wir 1999 die erste Anthologie „Bunt und bündig" zur Welt, und später schrieben einige von uns sogar Theaterstücke, die öffentlich aufgeführt wurden. Meine kleinen Töchter spielten damals stolz mit; auch einige Schauspieler halfen uns.

Ein paar Muttersprachlerinnen sind dann in unserem Literaturclub geblieben und andere kamen hinzu, weil sie sich einfach unter mehrsprachigen Leuten wohl fühlten. Denn: Je mehr Zungen du sprichst, desto mehr bist du ein Mensch – wie ein tschechisches Sprichwort sagt.

Manche Frauen haben sich inzwischen verabschiedet – so auch Shirin Kumm, nach sieben Jahren mütterlicher Fürsorge. Seitdem müssen wir uns selbst um uns kümmern (mit Unterstützung von Herrn Dr. Beckermann), und das tun wir gar nicht so schlecht. Dieses Buch ist unsere fünfte Anthologie. Damit feiern wir – zwanzig Jahre nach „Bunt und bündig" – unser schönes Jubiläum.

Danke, Shirin.

Mit Liebe

Radvana Kraslová

Tülin Yavuz

Süleymans Töchter

Nurcihan, mein Licht. So nannte mich mein Vater immer. Das ist mein Name, Licht der Welt. Ich bin die fünfte der sechs Töchter meiner Eltern, die alle nach dem Licht, Nur, benannt wurden.

Ich verdanke meine Geburt meinem Vater Süleyman, dem Augapfel seiner Mutter, und Selvi, meiner Mutter, die seit ihrer frühen Jugend verliebt in meinen Vater war und ist. Sie schwört, ihn nur mithilfe der Heiligen Hızır und İlyas bekommen zu haben, weil sie in der Nacht des Hıdrellez sah, wie das fließende Wasser zum Stehen kam.

Aus Liebe war sie ihm auch nach Almanya[1] gefolgt, in das „Land ohne Sonne", wohin mein Vater aufgebrochen war, um nach wenigen Jahren reich zurückzukehren, nachdem er dem Wunschbaum am Dorfrand seine Bitte vorgetragen hatte. Mutter erkannte bald, dass er alleine in der Fremde bei den Kesseln der Gießerei „verdorren wird wie Korn, das man nicht gießt", packte kurzerhand ihre drei Töchter, einen Koffer mit dem Nötigsten, band sich die große Wolldecke aus ihrer Aussteuer auf den Rücken und bestieg den Zug nach Deutschland. So kam es, dass ich und zwei meiner Schwestern nicht wie geplant in einem luftigen Dorf an der Ägäis, sondern im trüben Licht Nordrhein-Westfalens auf die Welt kamen.

Ich wurde in eine Schar von vier Schwestern hineingeboren, deren Lautstärke nur von der Stimme meiner Mutter übertroffen werden konnte, die sich zur Not mit fliegenden Pantoffeln Gehör verschaffte. Sie war eine gute Schützin, ihre Geschosse schlugen stets in unserer Nähe auf und trafen keine von

---

[1] Türkisch für Deutschland

uns, sie dienten lediglich der Beendigung nicht enden wollender Diskussionen, die sie so für sich entschied. Ich hing an der Brust meiner Mutter, während meine ablas[2][3] aus unserer Welt in die äußere und zu uns zurück spazierten. Auf mich wirkten sie sehr zufrieden, stifteten aber um sich herum viel Verwirrung. Die tägliche Zerreißprobe meisterten sie mit viel Humor, erlernter Einsamkeit, deutscher Disziplin, eisernem orientalischen Optimismus und dem unerschütterlichen Glauben an beschützende Geister. All dies sollte ich mir bald zu Eigen machen, doch das wusste ich damals noch nicht.

Mir blieb nur die Rolle der Stillen, in der ich mich schnell einrichtete. Und weil ich so brav war, wurde ich zur Favoritin meiner Mutter. Mich konnte man überallhin mitnehmen, ich machte keine Probleme und brachte sie nie in Verlegenheit. Im Gegensatz zu Nurperi, die mir fast sieben Jahre später folgen sollte und die den Mund gar nicht aufbekam, war ich kein Sonderling, vor dem sich alle ein wenig fürchteten. Ich antwortete nur, wenn ich gefragt wurde, stellte aber selbst keine Fragen. Ich war die perfekte Begleitung und bei allen Treffen willkommen. Ich saß bei ihr, wenn sie mit ihren Freundinnen über Gefahren und Unglück des dunklen Landes klagte, ich hörte mit, wenn sie mit meiner Großmutter in der Heimat telefonierte, sich ausweinte, Rat holte oder diese regelmäßig zu irgendeinem Hoca[3] scheuchte, auf dass sie Unterstützung hole, wahlweise in Form eines Amulettes oder eine besprochene Packung Zucker, welches aufgelöst in Wasser zu sich genommen, das Böse vertreiben sollte; in Form von Almosen-Verteilung, um so den Allmächtigen für kürzlich begangene Sünden und mit Sicherheit bald anstehende milde zu stimmen. Was Ablass und Vergebung

---

[2] Respektvolle Anrede für ältere Schwester
[3] Türkischer Geistlicher

für ein ungeheuerliches Vergehen anbetraf, hätte sie es mit jeder Katholikin des Mittelalters aufnehmen können. Ich wusste um die Nöte ihrer Freundinnen, wusste wie Onkel Zahid, Tante Leylas Mann, seine Familie mit seiner Alkoholsucht ruinierte, wusste, dass Onkel Kemal sein gesamtes Gehalt verspielte, dass Tante Aliye dank ihres Fleißes schon das zweite Haus in der Heimat abbezahlt hatte.

Kurzum, ich führte ein zufriedenes Leben im Schatten meiner Mutter Selvi.

Und ich wusste, dass meine Mutter ihre Ehe wider alle Erwartung mit ihrem Traummann den Heiligen Hızır und İlyas verdankte. Dutzende Male hatte sie mir erzählt, wie sich das Wunder zugetragen hatte. Jedes Jahr, in der Nacht vom 5. auf den 6. Mai, treffen sich die Brüder von Land, Hızır, und Wasser, İlyas. Nur einmal im Jahr ist es ihnen vergönnt zusammenzukommen. Die Freude darüber ist so groß, dass über dem Ort, an dem sie sich treffen, zwei Sterne miteinander verschmelzen, um als Lichterregen auf die Erde niederzugehen. In diesem Augenblick steht die Welt still. Kein Wind weht, kein Blatt bewegt sich, selbst das Wasser erstarrt im Fluss. Die, der es vergönnt ist, diesen Augenblick zu erleben, kann sich wünschen, was immer ihr Herz begehrt, und es wird in Erfüllung gehen. Von jeher ziehen die Frauen Jahr um Jahr hinauf in die Berge, auf die Felder, an den Fluss. Jede schickt ihren Wunsch hinauf zum Himmel. Wer sich ein Kind wünscht, baut zarte Schaukeln aus Halmen und Blättern, wer sich verschuldet hat und auf Geld hofft, häuft sich Geldbündel aus Blättern und Münzen aus Kieselsteinen. Wer Genesung von langer Krankheit erhofft, betet in dieser Nacht besonders inbrünstig. So trägt eine jede ihren Wunsch bildlich und mündlich vor, in der Hoffnung, in dieser segensreichen Nacht erhört zu werden. Meine Mutter schwört, dass sie in jener Nacht gesehen habe, wie das Wasser aufhörte zu fließen, einfach stehenblieb. „Es dauerte nur einen winzigen

Augenblick, doch es reichte, damit ich Gott meinen Herzenswunsch vortragen konnte. Ich wollte euren Vater! Und noch bevor der Monat um war, steckte der Verlobungsring an meinem Finger. Das ist die unumstößliche Wahrheit." Und weil meine ablas die Nacht des Hıdrellez als Aberglauben und die übersinnlichen Erfahrungen als optische Täuschung abtaten, oblag es mir, Mutter Jahr um Jahr mit ihren Freundinnen mangels quellenreicher Berge und Felder in den nahegelegenen Park zum Springbrunnen zu begleiten, wo sie sich an Gräsern, Blumen und Sträuchern vergingen, um Häuser, Autos, Armreifen, bündelweise Geld und Verlobungs- und Eheringe zu basteln.

Ich saß dabei, als sie ihren Freundinnen, die begierig waren zu hören, dass Selvis Töchter ebenso missraten waren wie ihre eigenen, vorweinte, dass meine älteste Schwester ein Opfer der Rheinfels Quellen[4] sei. „Es muss am Wasser liegen, hier werden die Menschen dumm und blind für Wahrheiten!" Ich sei gemein, sagt sie. Sehe ich denn nicht, dass ihre deutschen Freundinnen bis tief in die Nacht bei uns sitzen, während sie nach acht Uhr abends noch nicht einmal bei ihnen anrufen darf? „Nie lasse ich sie mit leeren Händen zu ihnen, immer gebe ich ihr Selbstgebackenes mit oder Geld für einen hübschen Blumenstrauß. Und was bringt mir diese Monika mit? Ein Tütchen bunte Seife! Ist es dann falsch, wenn ich meiner Tochter sage, sie solle ihnen das nächste Mal ein Päckchen Waschpulver mitbringen? Keiner will mir glauben, aber es ist wahr. Dieses abgefüllte faulige Flaschenwasser, das sie ständig trinken, trübt ihnen den Verstand...", - unweigerlich folgte ihre Lieblingsklage: „Oh, Quellen meiner Heimat, so klar und frisch war das Wasser, es hat Tote zum Leben erweckt, die Sonne hat uns die Glieder gewärmt und unseren Geist wachgehalten...", während ihre Freundinnen zähnefletschend nickten und versuchten, ihre Grimassen wie mitleidiges Lächeln aussehen zu lassen.

---

[4] Mineralwasser-Sorte in NRW

Ich wusste um die Ängste meiner Mutter, ihre Kinder an ein Land zu verlieren, dessen Sinnhaftigkeit sich ihr verschloss, während ihre Töchter in „diesem trüben Tümpel herumschwimmen, als seien sie Fische in klarem Wasser, in diesem Land ohne Sonne". Sie hat diesem Umstand immer misstraut. Kinder, die in der Dunkelheit aufwuchsen, konnten nicht wohlgeraten. Was in ihrem Dorf unter freiem Himmel gedieh, musste hier eingetopft als Zimmerpflanze überleben, konnte keine Wurzeln schlagen in der warmen Erde, sich nicht der Sonne entgegenstrecken und am Regen satttrinken.

So bewachte sie uns mit Argusaugen, war sie doch überzeugt, dass wir sonst verdorren und verwelken würden. Sie wachte über unser Essen, unseren Schlaf, über unsere Freunde. Sie wachte über unsere Hausaufgaben, von denen sie nicht ein Wort verstand, und unsere Lehrerinnen, die sie regelmäßig heimsuchte, wenn es ihr gerade einfiel, um ihnen in Erinnerung zu bringen, dass wir „gutt Mädchen" mit dem Ziel „große Schule" und sehr fleißig waren, weil wir „viele, viele" lernten. Mutter fürchtete um uns, und sie fürchtete sich vor allem. Seit Onkel Zahid, Vaters Kollege aus der Gießerei, dem Alkohol verfallen war, überprüfte sie jede Pralinenschachtel auf Weinbrandbohnen und warf dann vorsichtshalber die gesamte Packung weg. Mit Beginn der Flut türkischer Filme, die dank der Erfindung des Videogerätes in jedem türkischen Haushalt Einzug hielten, erfuhr Mutter von der Existenz von Drogen.

Gefallene Mädchen, die sich nachts in fragwürdigen Etablissements herumtrieben, wankten an zwielichtigen Gestalten vorbei, denen noch die Nadel im Arm steckte, mit der sie sich Heroin gespritzt hatten. Zuvor fiel die Unbedarfte einem Übelbeleumdeten in die Hände, der sie in der immergleichen Manier erst verführte, dann an Drogen gewöhnte, um sie hernach an dicke, glatzköpfige Männer mit Goldzahn zu verkaufen. Zum Schluss landete sie unweigerlich in der Gosse, nun Schulter an Schulter mit Zahnlosen, die vor sich hindämmerten. Immer fand die treusorgende Familie sie. Immer fühlte sie sich zu besudelt, ihnen noch in die Augen zu sehen, immer starb sie am Ende des Films, nun geläutert und einsichtig, in den Armen der gütigen, doch hilflosen Eltern, blutspuckend an der Schwindsucht oder schlicht an Scham. Der Bösewicht, der die Unschuldige ruiniert hatte, starb unweigerlich einen grausamen Tod. Er wurde entweder von der Polizei auf der Flucht erschossen, oder aber seine Komplizen ermordeten ihn auf bestialische Weise, weil er auch sie betrogen hatte. Wahlweise zerquetschten sie ihn zwischen Autos und Lastwagen, zwischen Autos und Betonwänden, zersiebten ihn mit Kugeln oder stürzten ihn profan von einer Brücke. Zum Schluss war die Tochter tot, aber gesühnt. Und die Moral von der Geschicht′: Lass die Augen von deiner Tochter nicht! Denn ein jeder war überzeugt, mehr eine animierte Dokumentation denn eine Schnulze mit Bluteinlage gesehen zu haben. Nach jedem Film folgte das immergleiche Ritual, tiefbewegte Eltern, zu Tode erschrocken, wandten sich an ihre unmündigen Kinder: „Diese Geschichten schrieb das Leben!" Nichts hätte sie vom Gegenteil überzeugen können. Und Selvi wäre lieber gestorben, als ihre Töchter einem solchen Ende auszusetzen - „nie und nimmer" war und blieb ihre Antwort auf unsere nicht enden wollende Bettelei, mit unseren Freundinnen ausgehen zu dürfen. Die Welt barg ungeahnte Gefahren, gegen die ihre „Küken" nicht gewappnet waren, weil sie sich keines Besseren belehren lassen wollten.

So begann sie heimlich unsere Schultaschen nach Drogen zu durchsuchen. Und weil sie in der Eile vergaß, wo sie was herausgenommen hatte, stopfte sie willkürlich das Herumliegende in den nächsten Ranzen oder Rucksack. Es war nicht ungewöhnlich, dass ich die Hausaufgaben einer meiner ablas mitnahm, sie dafür ihre Tasche leer bis auf einen Turnbeutel, der mir nun fehlte, vorfand, oder das Mathematikbuch von Nursel abla, die dafür mein Englischbuch im Ranzen hatte, während sie im Französischunterricht saß. Einmal hatte İlknur abla, unsere älteste Schwester, eine Gummischlange in ihrem Rucksack versteckt, um sie zu erschrecken. Wir haben aber danach davon abgesehen, weil Mutter am Abend immer noch kreidebleich war. Vater musste sie immer wieder mit Eau de Cologne einreiben, weil sie ständig wegkippte. Sie konnte niemandem sagen, was geschehen war, denn damit hätte sie sich verraten.

Wir hatten alle unser Taschengeld zusammengelegt, um ein möglichst lebensechtes Exemplar kaufen zu können. Es hat aber nichts genutzt, kaum hatte sie sich vom Schock erholt, ging das Spionieren von neuem los. Aber jetzt trug sie Gummihandschuhe. Als İlknur abla irgendwann beiläufig von einem Agatha Christie-Roman erzählte, in dem der Bösewicht seine Beute mit Mausefallen gesichert hatte, verstand Mutter den Wink sofort. Von da an ging sie nur noch bewaffnet mit dem Teigroller an unsere Taschen. Handschuhe übergestreift, Roller gegriffen, husch, ins Zimmer, wusch, Tasche geschnappt, mit dem Teigroller herumgestochert und dann, handschuhbewehrt, folgte die große Durchsuchung. Lange nannten wir sie unter uns nur noch „Detective S.".

Es hatte aber auch seine Vorteile. Immer wenn ich keine Lust auf die Schule hatte, stopfte ich zerknüllte Taschentücher in meinen Ranzen. Man konnte die Uhr danach stellen. In spätestens zwei Stunden würde Mutter fragen „Kind, du siehst krank aus, fehlt dir was?". Ich war bereit: „Ach, ich fühle mich irgendwie nicht so gut, mein Kopf tut weh, mein Bauch auch und meine Nase läuft." Die übliche Antwort folgte auf dem Fuße: „Besser, du bleibst ein paar Tage zuhause." So stand ich lange im Ruf, anfällig zu sein, weshalb ich von Mutter jeden Winter hindurch in mehrere Schichten Wolle gepackt wurde, bevor ich das Haus verlassen durfte. Und weil sie meine schwache Natur vor Mikroben und Bakterien schützen wollte, wurde ich regelmäßig eingerieben, mein Mund ausgespült und jede Hand einzeln und ausgiebig desinfiziert, sodass mich ständig eine Wolke des von Mutter verteufelten und eigentlich mit

Bann belegten Alkohols umgab. Dies waren weniger schöne Momente meines Lebens. Aber zu widersprechen wäre mir nicht eingefallen. Nicht, weil ich sie fürchtete, es hatte einfach keinen Sinn. Sie hörte nicht zu. Sie wusste, was gut für mich war, und damit war das Thema für sie beendet. Ich hatte an meinen ablas gesehen, wozu zu viele Widerworte führen konnten. Unweigerlich folgte eine mindestens halbstündige Tirade über die Plagen, die ihr jeden Wochentag aufs neue Krebs in den Leib pflanzten, der sie neun Monate getragen hatte, so dass sie vor der Zeit altern und sterben würde, wenn nicht an Krebs, so doch an gebrochenem Herzen, weil diese undankbaren Ungeheuer sie tagtäglich quälten, unhöflich und böse waren. Sollte das nicht ausreichen, warf sie gezielt einen Hausschuh.

Nur einmal wagte ich zu widersprechen. Ich bettelte schon lange um ein Paar Jeans, die Löcher an den Knien hatten. Sonst war Mutter bemüht, mir meine Wünsche zu erfüllen, aber sie blieb eisern, ganz gleich, was ich ins Feld führte, es blieb beim Nein.

Zu meinem Vater wollte ich nicht gehen, meine Schwestern und ich waren uns einig, dass er seit dem Vorfall mit meiner Nursel abla Schonzeit hatte. Vor zwei Wochen war sie zu ihm gegangen, nachdem Mutter ihr ein Paar hochhackige Pantoletten verweigert hatte. Sie war so verzweifelt nach Mutters Nein, dass Vater nicht anders konnte. Er ging mit ihr einkaufen, und sie suchte sich ein paar wunderschöne aus, solche hätte ich auch gerne gehabt. Das Geschrei war groß, als sie heimkamen. Meine abla zuckte nur die Achseln und sagte: „Vater haben sie gefallen.", worauf Mutter antwortete: „Dann gefallen sie mir auch." Wir alle hörten die wirkliche Antwort hinter diesen Worten, einer von beiden würde büßen müssen. Ich bin mir ganz sicher, dass sie Nursel abla nicht verflucht hat, dazu liebt sie sie zu sehr. Doch, wie mein Vater schon sagte, das Leid der Mutter, das Leid der Ehefrau bleiben nicht ungesühnt. Meine abla ging nicht mehr ohne Pantoletten aus dem Haus und nichts

Schlimmes geschah, sodass wir alle die Gefahr bald vergaßen. Doch dann, eine Woche nach dem verbotenen Kauf, kam sie humpelnd, mit einem Schuh in der Hand und verweint nach Hause. Sie war mit ihrem Absatz in einem Gully-Deckel steckengeblieben, mit dem Absatz der Fuß. Tapfer hatte sie versucht, beide mit einem Ruck zu befreien. Sie hatte einen Bänderriss, weshalb der linke Fuß nun in einer Schale steckte. Mutter verlor nicht ein Wort ihr gegenüber, was uns sehr erschreckte. Es hätte mindestens ein Pantoffel fliegen oder aber ein kleiner Hinweis folgen müssen, dass wir sie ins Grab brächten. In ihrem Zorn war sie gerecht und verteilte gleichermaßen auf uns alle. Doch nichts, kein Wort, gefährliche Stille. Erst als Vater am Abend nichtsahnend heimkam, wussten wir weshalb. Zuckersüß ging sie ihm entgegen, begrüßte ihn wie üblich, als kehrte er aus einer heldenhaften Schlacht heim, und rief dann nach meiner Schwester: „Komm Liebes, zeig deinem Vater deinen neuen Schuh, der wird ihm gewiss auch gefallen". Es folgte kein Vorwurf, keine Klage, doch selbst meine Großmutter in der Heimat wusste schon am nächsten Tag, dass mein Vater seine Zweitgeborene zur Invalidin gemacht hatte.

Ich wollte aber nicht auf dieses wunderschöne Paar Hosen verzichten, dass ich mir schon hatte zurücklegen lassen, und insistierte weiter.

Die Antwort blieb die gleiche: „Was sollen die Leute denken? Sollen alle sagen, dass Süleyman seinen Töchtern keine anständigen Hosen kaufen kann? Sollen die Leute denken, Süleymans Töchter trügen anderer Leute weggeworfene Lumpen?" „Ich bin eine eigenständige Person. Und ich habe einen Namen!" kreischte ich. „Tja, den kennt nur keiner und gegeben hat ihn dir auch dein Vater." Und damit ließ meine Mutter mich stehen und verschwand in der Küche, aus der sie schrie, dass ich mich beeilen solle, loszugehen, wenn ich den Fruchtjoghurt noch wolle. „Dem Supermarkt ist es nämlich egal, wie du heißt, der schließt pünktlich!". Ich rannte los, nach Fruchtjoghurt war ich süchtig.

Fünf Minuten vor Ladenschluss stand ich vor dem Kühlregal und sinnierte über verschiedene Geschmacksrichtungen; zu der Zeit eine meiner Lieblingsbeschäftigungen. Bereits bei der Auswahl ließ ich mir den Joghurt im Geiste auf der Zunge zergehen und überlegte lange, welcher Geschmack das Abendessen abrunden würde. Wenn es ein Fleischgericht gab, passte Aprikose gut, gab es Eintopf, bevorzugte ich Feige. Zu Reis passte ein Maracuja-Joghurt am besten. Ich liebte es, mich täglich neu zu entscheiden, je nachdem, was Mutter für den Abend zubereitet hatte. Manchmal mischte ich zwei Sorten. Banane harmonierte sehr gut mit Kirsche oder Kiwi. Mutter mochte es eigentlich nicht, wenn wir „Fabrikjoghurt" aßen, aber mir konnte sie selten etwas abschlagen, da ich ihr leidtat, weil ich so oft krank war. Diesmal würde es leckeren Milchreis zum Nachtisch geben, das vertrug keine Experimente, ich musste mich entscheiden, Apfel-Zimt würde gut dazu passen, aber auch Himbeere. Ich ärgerte mich über die schrille Stimme meiner Landsfrau, die irgendwo am Ende des Ganges nach ihrer Tochter rief, als müsste sie durch Berge und Täler schreien, damit ihre Stimme gehört würde, und mich von meiner meditativen Aufgabe ablenkte. Noch dazu hatte ich nur noch wenig Zeit. „Nurşen, Mädchen, nun schau her! Kind, bist du taub?" Ich studierte weiter meinen geliebten Joghurt, die Frau rief weiter und Nurşen ließ sich weiterhin nicht blicken. Ich konnte mir das Lachen nicht verkneifen und beugte mich tiefer über die Kühltruhe, damit sie nicht sah, dass ich sie auslachte. Da donnerte es: „Mädchen, Süleymans Tochter, lach′ nicht so dumm, komm′ mal her, ich verstehe nicht, was auf der Packung steht!" und wedelte mit einem Beutel. Ich war wütend: „Mein Name ist Nurcihan!" gab ich in der gleichen Lautstärke zurück, „teyze" schob ich hinterher, als ich ihren entsetzten Gesichtsausdruck sah und beeilte mich, ihr die Vorzüge der köstlichen Würzmischung für Grillhähnchen zu übersetzen, die sie in der Hand hielt. Während ich neben ihr stand und mir ausmalte, wie sie sich bei meiner Mutter über mich beschwerte, und das Donnerwetter, das dann unweigerlich folgen würde, bemerkte ich, dass teyze keinen Namen hatte. Für mich war sie immer Aylas Mutter, Onkel Şeners Frau. Mein Vater nannte sie, der Sitte gemäß, immer nur yenge, Ehefrau meines Bruders, wir Kinder sagten teyze, Schwester meiner Mutter. Ich versuchte mich krampfhaft daran zu erinnern, wie meine Mutter sie nannte. Doch es wollte mir nicht einfallen. Da, wo der Name sein sollte, war ein großes, schwarzes Loch. Und weil ich ein entsetzlich schlechtes Gewissen hatte, bestand ich darauf, sie nachhause zu begleiten, um ihre Einkäufe zu tragen, und küsste ihr zum Abschied auch noch die Hand, obwohl ihr das außerhalb eines Feiertages gar nicht zugestanden hätte. Sie hingegen tätschelte mir den Kopf und verabschiedete mich freundlich: „Bestell' deiner Schwester Selvi und Bruder Süleyman Grüße, kleine Nilüfer."

Geschlagen ging ich nachhause - ohne Joghurt, den hatte ich vergessen. Es war so, wie Mutter sagte. Wir waren zu sechst, aber gegen die Übermacht unserer Eltern waren wir machtlos. Die Frauen unserer Straße, die Kollegen meines Vaters, ihre Freunde, die uns regelmäßig besuchten und denen wir Tee und Gebäck auftrugen, kannten uns nur als die Töchter von Süleyman und Selvi. Selbst unsere Verwandten in der Heimat riefen wahllos irgendwelche Namen, wenn sie uns meinten, solange nur ein „N" am Anfang stand, als wären wir ein Wurf Welpen.

Als Mutter mich fragte, weshalb ich so spät kam, antwortete ich nur, dass ich Aylas Mutter geholfen hätte. Und als ich an jenem Abend den nun fade schmeckenden Milchreis löffelte, traf ich eine Entscheidung. Dies war der Moment, der mein Leben änderte, aber das wusste ich damals noch nicht. Ich hatte einfach nur beschlossen, aus dem Schatten in das Licht zu treten, um meinem Namen Ehre zu machen.

Es war meine Mutter selbst, die mir die Gelegenheit dazu bot. Als sie wieder einmal mit ihren Hasstiraden gegen die Alkoholindustrie, den Verfall der Sitten und dem Unglück Tante Leylas begann, verspürte ich den unwiderstehlichen Drang, die Vorzüge des Alkohols anzupreisen. Und tat in Gegenwart ihrer Freundinnen kund, dass Alkohol bei uns praktisch täglich konsumiert wurde. Zum ersten Mal an diesem Nachmittag waren die Gäste meiner Mutter still. Ich wartete noch eine Weile, um diese Ruhe auszukosten, die in unserem Heim so selten war. Auch war der Anblick unvergesslich, selbst Tombik teyze, Tante Pummel, deren Appetit durch nichts zu verderben war, saß mit vollen Backen da, ohne zu kauen. Es war beinahe wie bei Dornröschen, alle waren erstarrt, nur dass sie nicht schliefen. Ich sah jede der Reihe nach an, ich fühlte mich in diesem Augenblick so mächtig, wie nie zuvor. Ilknur abla sagt, dass mein Hang zum Phantasieren daher kommt, dass ich an diesem Tag ein „Schlüsselerlebnis", was immer das sein mag, gehabt hätte. Ich hingegen bin überzeugt, dass in diesem Augenblick meine Ahnen in mir erwachten. Nicht umsonst sind Orientalinnen die größten Geschichtenerzählerinnen. Man denke nur an Scheherezade, die mit ihren Geschichten tausenden Frauen das Leben rettete. Wir reden um unser Leben! Keine Orientalin würde sagen: „Ich ging heute auf den Markt." Sie würde über alles berichten, angefangen vom morgendlichen Tee, über die Nachbarn, die ihr begegneten, den Stand der Sonne, den lauten Scherenschleifer. Über die Gerüche auf dem Markt, das Obst, den betrügerischen Gemüsehändler, der frische Tomaten feilbietet, während er die faulen in die Tüte packt, und wie man ihn austrickst. Über den einarmigen Fischverkäufer, dessen Frau ihm davongelaufen ist und ihn mit fünf Kindern sitzen ließ.

Und so fing ich an zu reden, ohne dass ich gefragt wurde, und hörte nicht mehr auf. „Jeden Abend gibt mir meine Mutter löffelweise Alkohol, damit ich gesund werde. Alkohol ist Medizin. Wir reiben auch unsere Körper mit Alkohol ein, wenn wir uns verletzt haben. Mutter besteht darauf. Und damit immer Alkohol um uns ist, reibt Mutter den Boden und die Fenster damit ein. Dass ihr´s nur wisst!" Mutter schnappte nach Luft, Tombik teyze kaute weiter. Die Spannung war dahin. Meryem teyze lachte Tränen. „Ach Kind, das ist kein richtiger Alkohol." „Doch, im Hustensaft schon. Reiner Alkohol! Wie im Whisky. Davon kann man genauso abhängig werden!" Whisky kannten alle aus den Filmen, den trank immer der Bösewicht, damit konnte ich punkten. „Gut, dann bekommst du nur noch Spiritus zu trinken!", keuchte meine puterrote Mutter.

Das war der Beginn von Mutters Karriere als Kräuterhexe. Sie tauchte ein in die Welt der Pflanzen, die Heilung und Schutz ohne Alkohol versprachen, wälzte Bücher, telefonierte stundenlang mit der Heimat, bestellte bei jedem, der in Urlaub fuhr, Säfte, Tinkturen, Öle, getrocknete Gräser und noch mehr Bücher. Bisher waren wir nur durch mitsamt frischer Zitronenscheiben aufgekochter Minze gequält worden. Doch jetzt folgte eine Orgie von Pflanzen. Wilder Thymian gegen Magenschmerzen, Brennnessel gegen Akne, Löwenzahn für den Kreislauf, Knoblauch gegen Pilz und Haarausfall, Rosenöl gegen Schweißgeruch, Olivenöl gegen trockene Haut und Haarspliss, Muskat und Fenchelsamen gegen Blähungen, Petersilie für schöne Haut und gegen Mundgeruch und regelmäßig eine grauenvolle Mischung aus allem gegen unsinnige Geschwätzigkeit, Blödheit und Besessenheit vom Bösen; bei mir zum Zwecke der Teufelsaustreibung, bei meinen Schwestern präventiv. Nisanur abla behauptet noch heute, dass wir dank meiner Geschichten die gesamte Flora der Türkei konsumiert hätten.

Dies waren die Tage, an denen ich Gott im Stillen schwor, künftig Mutters Anweisungen Folge zu leisten und zumindest in Gegenwart von Fremden sittsam still zu sein. Es gelang mir nie. Solch ein Publikum fand ich sonst nirgends, und so wurde ich ein ums andere Mal dem Allmächtigen gegenüber wortbrüchig und versündigte mich. Ständig plagte mich das schlechte Gewissen und ich konnte der Pein nur entkommen, indem ich mich in immer neue Geschichten flüchtete, die sich selbständig machten. Sie entglitten mir, entwickelten ein Eigenleben, wollten hinaus in die Welt, wollten erzählt werden, um lebendig zu sein. Sobald mehr als zwei Personen zusammenkamen, sprudelte es aus mir heraus. Oft entstanden die Geschichten in dem Augenblick, in dem ich sie erzählte. Andere gärten monatelang in mir, um dann als komplette Romane in Fortsetzung bei verschiedenen Anlässen das Licht der Öffentlichkeit zu erblicken.

Bald war ich gefürchtet. Meine Schwestern weigerten sich, mich mitzunehmen, wenn sie sich mit ihren Freundinnen trafen, meine Mutter fand immer neue Vorwände, mich außer Haus zu beschäftigen, wenn sie Gäste erwartete, und die Nachbarinnen verboten ihren Kindern mit mir zu spielen, weil ihnen meine Geschichten Albträume verursachten.

Nur mein Vater hörte sie gerne. Er war der Einzige, der mich sogar bat, zu erzählen. „Komm, meine Bülbül, meine Nachtigall, erzähl deinem Vater eine Geschichte." Und los ging's mit betrügerischen Gemüsehändlern, tratschenden Nachbarinnen, denen über Nacht die Zungen bis zu den Knien wuchsen, und vergifteten Hustensäften, die Kinder abhängig machten. Ich machte vor nichts Halt, alles Gehörte sog ich in meine Welt und formte es zu meinem Bilde um. Da wurde meine altehrwürdige Mathematiklehrerin zu einer feindlichen Spionin, die ihren Schülern im Auftrag fremder Mächte das Gehirn mit Hilfe von unsinnigen Zahlenkombinationen verdrehte, Tombik teyze wurde so dick, weil sie Kinder verschlang, die ihr nicht zu Diensten waren, und Mutter verzauberte Pantoletten und Gully-Deckel. Das Fell eines geschlachteten Opferlamms erwachte zum Leben und verlangte Rechenschaft vom Metzger. Die Geister der Toten irrten durch die Nacht, weil sie den Weg in die andere Welt nicht fanden, und in unserem Blumentopf wohnte ein Dschinn[5], der mich heiraten würde, sobald seine Familie in Arabien ihren Segen dazu gäbe.

Es ist meine letzte Nacht mit Süleyman. Sie haben ihn gewaschen und in ein weißes Tuch gehüllt, sie haben mir nicht erlaubt, dabei zu sein. Sie ließen keine von uns zu ihm. Fremde Männer haben ihn in der Fremde gewaschen. Nur sein Gesicht durften wir noch einmal sehen. Morgen früh werden sie ihn abholen. Heute gehört er noch mir. Die anderen schlafen schon.

Dort, wo ich seine Hand vermute, schiebe ich meine hin. Sie ist seltsam warm. Und sie ist weich. Ich erzähle ihm eine letzte Geschichte. Ich erzähle ihm von einem Prinzen aus einem sagenumwobenen Land, in dem immer die Sonne scheint, in dem frische Bäche murmelnd durch die Felder fließen und Wanderern Geschichten aus uralten Zeiten erzählen, und Bäume Wünsche junger Männer dem Wind zuflüstern, auf dass er sie in ferne Länder trage, in dem sehnsüchtige Brüder zu Wasser und Land Wünsche erfüllen. Der Prinz zog in die Fremde, er musste Schlachten schlagen und Feuer bekämpfen. Er zähmte Drachen und verwandelte Schuhe in goldene Freude, er vertrieb Albträume und bannte Flüche. Er vollbrachte viele Heldentaten, die keiner sah außer den Elfen. Und nun, da sein Herz müde war, reiste er auf einem fliegenden Teppich nachhause, um zu ruhen.

Und ich verneige mich vor ihm, tief, bis auf die Erde, in der er morgen liegen wird. Ich bin Süleymans Tochter, die fünfte in der Reihe. Ich habe einen Namen, und den gab er mir.

---

[5] Aus Feuer entstandene übersinnliche Wesen, die die Welt bevölkern und den Menschen nicht sichtbar sind.

Gisela Wölbert

Neuland

Es war mitten im Winter, als sie die Reise antrat. Elsa wartete an dem zugigen leeren Bahnsteig nicht weit vom Flussufer. Ihr Bruder hatte sie mit seinem Auto hergebracht. Er stand etwas entfernt von ihr und trat von einem Bein auf das andere. Beide wussten sie nichts zu sagen, obwohl es ein Abschied für länger sein würde. Noch nie war einer von ihnen weit weg gewesen. Sie schauten unentwegt in die Richtung, aus der der Zug kommen sollte.

Als sie sich im warmen Abteil auf den Sitz fallen ließ, wich ihre Anspannung. Die vielen Kommentare der letzten Wochen entfernten sich mit jedem Kilometer, den der Zug zurücklegte. Wieso denn so weit, hatte ihre Mutter gerufen, was soll noch aus dir werden? Und natürlich hatte sie zu weinen begonnen. Vor Monaten, als sie ihr Vorhaben ankündigte, hatten die Eltern ihr nicht geglaubt. Es schien nur einer ihrer Spleens, die sie nicht wahr machen würde. Du kennst doch die Leute gar nicht, hatten die Schwestern und Freundinnen gemeint, was ist, wenn du Heimweh bekommst? Nur die neue Kollegin hatte stets beteuert, es wird dir dort gefallen. Seit einem Jahr hatte sie neue Kolleginnen. Die Druckerei, in deren Büro sie arbeitete, war von einem amerikanischen Verpackungskonzern übernommen worden. Die neuen Chefs wirkten stets gut gelaunt und lässig. Ihre Sekretärinnen sprachen fließend Englisch. Eine hatte den Kontakt zu der Familie in England vermittelt. Nur zwei Briefe waren hin und her gegangen. Elsa hatte ein Foto von sich mitgeschickt, das sie etwas geschönt fand, aufgenommen in einem Fotostudio anlässlich der Hochzeit ihrer Schwester. Die englische Familie hatte keine Fotos geschickt.

Als das Flugzeug endlich vom Boden abhob, war es ihr, als hätte sie mit einem Mal alle Scheu verloren. Ihre Stirn klebte an dem ovalen Bordfenster, unter dem die Landschaft in der Ferne verschwand. Nichts sollte ihr entgehen. Das Grau des Wintertags war unten geblieben und wich langsam einer weißen Wolkenlandschaft, über der die Sonne strahlte. Ein weites Schneefeld im Universum, das ihr vor Staunen den Atem nahm. Noch bevor sie London erreichten, begann es dunkler zu werden. Und als das Flugzeug an Höhe verlor, erschien unten das Lichtermeer der Stadt. Tausende orange leuchtende Perlenketten, miteinander verschlungen in Bögen und Geraden, lagen ausgebreitet da.

„Which station?" hörte sie ihren Sitznachbarn fragen, nur diese beiden Wörter hatte sie verstanden. Der ältere Herr sprach mit einer sanften Stimme. Es war schon seine zweite Rückfrage, die Elsa nicht ganz verstand. Sie waren kurz vor der Landung. Und soeben hatte sie ihm erzählt, sie wolle heute Abend noch mit dem Zug weiter nach Birmingham. Sie war nicht darauf vorbereitet, dass es so viele Bahnhöfe in London gab und dass sie den richtigen finden müsste. Euston, Paddington, King's Cross, Waterloo, Victoria? Mit den Namen konnte sie nichts anfangen. Offenbar gab es kein Nord, Süd, Ost oder West und auch keinen Hauptbahnhof. Er werde ihr helfen, versprach der Mann.

Neben ihrem Begleiter herlaufend, ohne Sprache, tauchte sie ein in das hektische, laute und bunte Feierabendgewirr von Menschen und fremden Stimmen, abwechselnd ins Dunkel und grell Beleuchtete, in den Geruch der U-Bahn-Stationen, ein warmes und aufregendes Gemisch aus Parfüm, Tabak und Schweiß, lief hinter ihm Treppen hinauf und wieder hinab und fand mit seiner Hilfe endlich den Zielbahnhof.

Ihre Gastfamilie würde sie bald kennenlernen. Ein Paar mit vier Kindern, siebzehn, fünfzehn, zwölf und fünf Jahre alt. Sie hätte den Jüngsten zu betreuen und im Haushalt zu helfen.

Mehr wusste sie nicht. Ihr einziger und drängender Wunsch war gewesen, weg zu sein von Zuhause, weg von der Büroarbeit, in einer ganz fremden Umgebung zu sein, in einer Großstadt.

Es war ein Bekannter der Familie, der sie am Bahnhof abholte, er hielt ein Schild vor sich mit ihrem Namen. Etwas unsicher lief Elsa hinter ihm her. Im Auto folgte sie mit ihrem Blick der Häuserlandschaft entlang des Motorways. In der Dunkelheit war nach einiger Zeit kaum noch etwas von der Großstadt auszumachen. Im Licht der wenigen Straßenlaternen erschienen nur die immer gleichen Heckenreihen, selten waren noch Häuser zu sehen. Schließlich bog das Auto in einen schmalen ansteigenden Seitenweg, der zu einer großen alten Villa führte. Mr. Curtis, ein magerer Mann mittleren Alters, am Stock gehend, gebrechlich wirkend und mit leiser Stimme, führte sie durch die große Eingangshalle in einen noch größeren Raum mit einem Erker, mild beleuchtet vom flackernden Feuer eines offenen Kamins, um den herum vier schwere Sessel standen. Sie betrat einen dicken weichen Teppichboden, wie sie ihn bisher nur von Schuhgeschäften kannte. Ein Junge in einer Internatsuniform, höchstens sechzehn, erhob sich aus einem der Sessel. Sie begrüßten sich steif.

„John", hörte sie ihn sagen. Sie wurde gebeten, Platz zu nehmen. Es war schon bald Mitternacht. Mr. Curtis war wieder hinausgegangen, nachdem er noch etwas gesagt hatte von „Mrs. Curtis" und „opera" und „soon". Dann die ähnliche Frage wie zuvor, jetzt von John. „Yes", sagte sie nur, „journey was good." Sie schwiegen beide. Elsa schaute in die knisternden Flammen, dann wieder zu den hohen, kunstvoll in Blei gefassten Fenstern gegenüber, hinter denen nichts als Dunkelheit herrschte. Etwas Beklemmendes machte sich in ihr breit. Es war nicht nur die Sprache, die sie Mühe hatte zu verstehen, geschweige denn zu sprechen. Hier schien eine völlig andere Haltung gefragt. Als sie kurz die Augen schloss und wieder öffnete, fühlte sie sich plötzlich in einen alten Schwarz-Weiß-Film hineingeraten.

Es dauerte nicht lange, bis Mrs. Curtis von ihrem Opernbesuch zurückkam. Eine stattliche Frau in einem weiten Mantel und mit sicherem Schritt. Sie begrüßte Elsa mit festem Händedruck und führte sie in ihr Zimmer. Es lag in einem Seitentrakt der riesigen Villa, eine gesonderte Treppe führte zu der Mansarde. Ein großer, fast leerer Raum mit einem Bett und einer Kommode, daneben ein extra Bad mit einer alten Badewanne und einem Waschbecken. Es hingen keinerlei Bilder an den Wänden des Zimmers und Mrs. Curtis betonte, sie möge bitte sehr keine Poster aufhängen. Immerhin, das hatte sie verstanden.

Elsa war einundzwanzig, volljährig, selbständig, gewohnt zu arbeiten. Doch hier wurde etwas anderes von ihr erwartet, etwas, das sie nur ahnte, aber nicht verstand. Mit Worten konnte es nicht geklärt werden, doch war es zum Beispiel an der Mimik von Mrs. Curtis abzulesen, wenn sie morgens zu zweit frühstückten, nachdem die Kinder in die Schule gebracht worden waren. Wenn die Frau, stets vor ihrer Tasse schwarzen Kaffees und einer Grapefruit – sie war auf Diät – Elsa mehrere Male aufforderte, sich doch bitte zu bedienen. Sie wusste nichts zu sagen. Für die anderen schien alles selbstverständlich, auch, was genau zu tun war. Doch wann war sie frei, für sich zu sein oder gar wegzugehen und wohin? Ein jeder Rückzug in ihr Zimmer kam ihr vor wie ein Affront gegenüber der Familie. Aber auch dort, in diesem kahlen Raum, blieb sie nie lange. Das Fenster gab nur ein Rasenstück frei, umsäumt von hohen Sträuchern. Manchmal tauchten Eichhörnchen auf, doch alle waren sie grau.

Sie wurde zunehmend ungeschickt. Selbst die technischen Geräte, mit denen sie schnell zu hantieren lernte, schienen sich gegen sie verschworen zu haben. Erst funktionierte der Staubsauger plötzlich unter ihren Händen nicht mehr, dann versagte die Spülmaschine, ohne dass sie wusste warum. Und fast wäre ihr das silberne, antike Milchkännchen heruntergefallen, wovor Mrs. Curtis sie ausdrücklich gewarnt hatte. Am Ende spielte ihr selbst der eigene Körper einen Streich, ihre monatliche Periode setzte einfach aus. Und sie hörte, wie die Hausherrin mit der Ärztin telefonierte, wohin sie sie geschickt hatte.

Es dauerte nicht lange, bis Mrs. Curtis auch entdeckte, dass sie kein normales Deutsch sprach. Sie hatte Elsa am Telefon mit ihrer Mutter sprechen hören. Die hatte angerufen. Ihre Tante war gestorben. Sie spreche anders als die früheren deutschen Au Pairs. Das sei ihr aufgefallen, sagte die Frau, und Elsa hatte einen Druck in der Halsgegend verspürt, einen alten Groll. Selbst das hatte sie herausfinden müssen, obwohl sie gar kein Deutsch sprach. Es war der leicht herablassende Ton, in der sie sich nach ihrer Sprache erkundigte, sie hatte Dialekt gesagt. Eigentlich war es gar keine Frage gewesen. Elsa hatte sich dazu nicht geäußert. Wurde der kleine Mark belehrt, das heiße nicht „okay", sondern „all right", oder beim Essen gemaßregelt: „Don't use your fork like a shovel!" fühlte sie sich immer mit angesprochen, ja hatte den Eindruck, eigentlich sei sie gemeint und ihre unbeholfenen Manieren.

Inzwischen wusste sie, sie sollte geschmeidig in die Familie hineinpassen, so wie frühere Au Pairs. Doch auch von denen waren nicht alle geblieben, wie Mrs. Curtis ihr einmal anvertraute. Sie nehme inzwischen nur noch Skandinavierinnen oder Deutsche, hatte sie gesagt. Aber es waren andere Deutsche gewesen, solche, die reiten konnten und richtiges Deutsch sprachen.

Alison und Jane, die beiden Teenager, hielten sich zurück, mal freundlich, mal ignorant, sie waren Au Pairs gewohnt und hatten eigene Sorgen. John war wieder im Internat. Wenn Elsa den kleinen Mark zu Bett brachte und ihm vorlas, wandte er sich an sie, die so wenig sprechen konnte. Liebevoll und belehrend, wie einer zurückgebliebenen Spielkameradin, erklärte er ihr die Welt.

Der Winter schien in diesem Jahr lange nicht enden zu wollen. Bis eines Tages auf Elsas Weg zum Englisch-Kurs in der Stadt der Frühling sich endlich ankündigte. Seit Januar lief sie zweimal in der Woche durch die heckengesäumten leeren Straßen bis zur nächsten Bushaltestelle, die eine Meile entfernt lag. Nun hörte sie zum ersten Mal Vogelgezwitscher, und die Hecken schimmerten bereits in zartem Grün. Mit der Zeit kannte sie die alten Damen mit den gepuderten Gesichtern, die stets dort warteten und sie immer freudig begrüßten mit Kommentaren über das Wetter. Heute waren sie überschwänglich: „Isn't it lovely?" Wie immer, setzte sie sich oben in den Doppeldeckerbus, genoss den Blick über die hügelige Landschaft, die ihr plötzlich weiter erschien als sonst. Schon kamen die Autowerke in Sicht, es ging vorbei an dem sanierten Slumviertel und hinein in die City. Sie erlebte es jedes Mal als ein Glück, dort zu sein, durch die belebten Straßen zu schlendern, niemandem bekannt. Und im Kurs traf sie auf andere junge Frauen aus verschiedenen Ländern. Sie unterhielten sich miteinander in holprigem Englisch, jede Stimme gefärbt von einem eigenen Akzent. Manchmal konnten sie kaum aufhören zu lachen über all das Bedrängende und Ungewohnte in den fremden Familien.

„Gestern musste ich alle Türklinken aus Messing putzen und polieren, fünfzehn Türen", stöhnte Françoise, „am liebsten hätte ich schwarze Schuhcreme darauf geschmiert." „Wenn Besuch zum Dinner da ist, esse ich in der Küche." „Ist vielleicht auch besser", meinte Lena, „ich kann es nicht mehr hören, dieses: ‚How do you like England?' und ‚Your English has really improved!'" und äffte eine hohe weibliche Stimme nach. „Meine schauen genau hin, wieviel ich esse", erklärte Chris.

Oft verabredeten sie sich in der Mensa der nahe gelegenen Polytechnischen Hochschule. Dort trafen sie sich bald mit einigen karibischen Studenten. Mit Ben, dem schönsten von ihnen, wie Elsa fand, kam sie öfter ins Gespräch, und bald konnte sie es kaum erwarten, ihn zu treffen. Oft war es schwierig, sein Englisch zu verstehen. Es klang so anders, doch sie wollte nicht jedes Mal nachfragen. Sie gingen ein Stück Hand in Hand, über den Campus, durch die Straßen, in den Park hinein. Ben war sehr groß und seine Hände waren schmal und zart. Elsa fühlte sich geborgen neben ihm und wäre am liebsten nur immer so weiter gegangen. Doch nach dem Kurs blieb ihr nicht viel Zeit.

Eines Tages wartete er bereits auf sie vor der Schule. Er habe eine Neuigkeit: Jonathan und er könnten mit dem Auto kommen, am nächsten Sonntag, sie könnten einen Ausflug machen. Ein Ausflug. Sie kämen zu ihr. Elsa wagte kaum daran zu denken.

Am folgenden Sonntag holten sie sie tatsächlich mit dem Auto ab. Er, Jonathan und dessen Freundin. Mit der alten Blechkiste bogen sie in den Zugangsweg, den „drive" ein, fuhren zu der majestätischen alten Villa hoch, drehten vor den großen Fenstern des Erkers eine extra Runde, so dass sie auch gesehen wurden, zwei schwarze junge Männer, und auf dem ganzen Weg durch die Midlands sangen sie gemeinsam Songs von Harry Belafonte: „But I'm sad to say, I'm on my way. Won't be back for many a day …"

Sie hatte sich entschlossen zu bleiben. Sie konnte arbeiten, man brauchte sich nicht über sie zu beschweren. Sie würde weiter ihren Weg gehen. Und nach ihrer Rückreise wäre alles anders.

Elizaveta Kuryanovich

Das Kleid

I. Newski Zarin

Alles fließt.

Die Dinge singen hör ich so gern…
(R.M. Rilke)

Wenn ich sprechen könnte, würde ich schreien. Wenn ich weinen könnte, würden mir die Tränen fließen. Wenn ich nicht so gelähmt wäre, würde ich mich an sie ranken wie eine Kletterpflanze. Bitte verlass mich nicht. Bitte nicht. Bitte lass mich hier nicht alleine.

Ich will mit dir sein. Weißt du noch, wie ich mich an dich geschmiegt und deine Haut gespürt habe? Dann waren wir eins. Für dich war ich nur ein Schmuckstück, ein Kleid unter vielen anderen, und du warst meine Herrin, ich wollte dir dienen. Gemeinsam gelang uns es, dass du majestätisch aussahst. Deine Selbstliebe kristallisierte sich durch deine Poren aus dem Inneren heraus und durchdrang mich wie ein Licht. Der Duft deiner Haut änderte sich. Nicht nur weil sie wärmer wurde. Du rochst nach Glück. Jede Blume ist glücklich, wenn die Sonne ihre Knospen streichelt. Sie duftet intensiver und süßlicher denn je. Frauen sind da nicht anders, wenn sie Liebe empfinden.

Ich vergab dir Deine sporadische Zuwendung – schließlich bin ich eine Sache, wenn auch nachsichtig und einfühlsam ins Leben gerufen. Das Produkt einer schönen Fantasie, dessen Leben ein Fest werden sollte, und es auch war. Bis zu diesem Abend.

Was für ein harter und roher November hier herrscht! Alles ist grau: das Eis auf dem Fluss, der Schnee, die niedrigen

31

Wolken, der unstete Wind. Und wie schön die Stadt durch dieses Grau hindurchschimmert, wie eine goldlockige Zarin in einem bestickten Seidenkleid. Die Spitze der Admiralität sitzt wie ein Diadem auf ihrem Kopf, in ihren Haaren schweben der Eherne Reiter, die Isaaks-Kathedrale, die Eremitage und der Palastplatz. Die Energie des Newski Prospekts durchströmt ihren zarten jungen Körper. Die nordische Schönheit, das blaue Blut der Newa pulsiert sichtbar unter ihrer eisigen Alabasterhaut.

Mein Wesen ist zu bunt, zu orientalisch und fremd. Ich hatte viel Sonne erlebt, schwerere, opiumhaltige Blumen und deren verträumte Düfte kennengelernt, als auch heißere Blicke mandelförmiger, dunkler Augen. Ich mische unbeschwert warmes Orange, Meerblau, eine Prise rotes Gold und tiefes Smaragdgrün in mir. Schwebende und verfrorene Ballerinas verzehrten sich nie nach mir.

Doch nun war ich hier. Die Tür ging zu, und ich blieb alleine mit meinen Erinnerungen in einem dunkelgrauen Hotelzimmer zurück. Die Wärme ihres Körpers erfüllte noch immer den Raum. Hätte ich ein Herz, wäre es jetzt gebrochen. Hätte ich Augen, würde ich sie in dieser Nacht nicht für eine Minute schließen. Ich hatte aber nicht genug Zeit, mich meinem Verlassensein hinzugeben, das auch das Ende meines Lebens bedeutet hätte. Die Tür ging auf, und ein Zimmermädchen trat ein. Mit geübtem Blick durchsuchte sie das Zimmer — und fand mich. Hätte ich einen Körper, wäre dieser zusammengezuckt. Ich wollte mich meinen verletzten Gefühlen hingeben. Das Zimmermädchen aber war sehr froh über den Fund. Sie überprüfte alle meine Nähte und auch den Stoff, nachdem sie mich auf dem Bett ausgebreitet hatte.

Sie griff zum Hörer und wählte eine Telefonnummer: „Hallo, Marina? Schläfst du? Nun komm, heute ist dein Glückstag, ich habe etwas für dich. Es ist deins, ganz bestimmt."

Marina an anderem Ende wurde neugierig. Sie zündete sich eine Zigarette an und nahm ein paar Züge, bevor sie in einer etwas dunkleren Stimme antwortete: „Na gut, wir warten auf dich."

Das Zimmermädchen legte auf, faltete mich vorsichtig zusammen und wickelte mich in ein Badetuch.

So begann meine Reise hinüber zur anderen Seite der Newa, zum Zanewski Prospekt, und weiter der Newa entlang, über einen anderen Fluss, die Ochta, zu einem seltsamen Ort, einem winzigen Wohnviertel, versteckt hinter zwei alten Klostergebäuden, die wie zwei schlaflose Augen auf die Newa schauten. Das sah ich alles später. In dieser Nacht wurde ich durch die Dunkelheit entführt und fürchtete lautlos mein böses Schicksal.

Im Treppenhaus roch es stark nach Sumpf. Der Geruch stammte aus einem feuchten Keller. Marina öffnete die Tür ihrer Wohnung, eine Zigarette zwischen den Lippen. Die beiden begrüßten sich laut und lachend.

Als ich auf dem Schlafsofa enthüllt wurde, starrten mich gleich vier Paar Augen an, vier Paar staunende Augen. Zwei davon waren wie in meiner Heimat: mit dunkelbrauner, fast schwarzer Iris. Ein Paar war Hellgrün, vergleichbar mit den Augen einer Katze, nur rund und tief wie zwei Spiegel. Nun, die grauen Augen, die noch blieben, kannte ich bereits, es waren die des Zimmermädchens.

II. Spiegelaugen

> Am schnellsten aber wirst du wohl, wenn du
> nur einen Spiegel nehmen und den überall umhertragen
> willst, bald die Sonne machen und was am Himmel ist, bald
> die Erde, bald auch dich selbst und die übrigen lebendigen
> Wesen und Geräte und Gewächse, und alles wovon nur so
> eben die Rede war.
> Ja scheinbar, sagte er, jedoch nicht in Wahrheit seiend.
> (Platon, Der Staat. Zehntes Buch)

Als ich elf war, liebte ich Andrei Platonows Kurzgeschichten. Insbesondere eine, die von der kleinen Uljana erzählte. Sie konnte durch die Augen in die menschliche Seele hineinsehen. Doch die gutherzigen Menschen jagten ihr Angst ein und brachten sie zum Weinen. Die bösartigen dagegen sah sie als die hübschesten Wesen überhaupt und wollte ihnen nahe sein. In ihren Augen selbst erblickte jeder die eigene Seele, wie sie gelebt wurde.

Meine Augen wurden schon immer von der Schönheit angezogen, von der inneren wie von der äußeren, genau in dieser Reihenfolge. Diesen Wunsch flüsterte ich heimlich in den Spiegel: Ich wollte schön sein, eine schöne Seele haben und einen schönen Körper. Wie meine Mutter.

Ich fühlte mich von jeglicher Magie angezogen: von der Magie der Kunst, der menschlichen Größe, der Verwandlung. Schließlich bin ich in Sankt Petersburg groß geworden, in einer Stadt, die der Vision eines Träumers entsprungen ist, mit aller Macht umgesetzt und gleich zur Hauptstadt gekrönt. Eine Stadt, die dreimal ihren Namen änderte, diktiert von der Mode oder der Politik: Petersburg, Petrograd, Leningrad. Die Stadt, die von den Dichtern und Schriftstellern mit einer eigenen Mythologie beschenkt wurde: des lebendig werdenden Denkmals, das einen Wahnsinnigen durch das Hochwasser vertreibt, der verschwundenen Nase, die später als ein verehrter Staatsmann in der Kirche gesehen wird, des rachsüchtigen Geistes eines Mantels, der traurigen wie verrückten Gestalt von Dostojewski, die immer noch wie Schatten in den Höfen um den Sennaja Platz schweigsam herumgleiten. Sankt Petersburg ist nicht ohne ein mystisches Flair zu verstehen.

Mein Herz hat viele traurige Bilder gesehen. Ich komme aus einer Stadt, die den Winter von Oktober bis Mai beherbergt. Ich habe den Zerfall der Sowjetunion erlebt und die Brüche in den Schicksalen Vieler gesehen, die er mit sich brachte und von denen er sogar einige in den Tod führte. Jedoch auch das Lebendige, das Prachtvolle, das Reiche geschah in dieser widersprüchlichen, immer noch königlichen Stadt, als ob jeder, der dort lebt, wenigstens ein königliches Geschenk im Leben erhalten würde, und zwar nicht nur ein geistiges, kulturelles in Form eines Balletts, Gedichtes, Romans, Architekturstücks, einer Symphonie oder Kunstgalerie, sondern auch etwas Profanes, so wie das Geschenk eines Zaren, der, bestens gelaunt und sich seiner Herrschaft bewusst, von einem einfachen, kleinen Menschen angerührt, plötzlich den Zobelmantel von seinen Schultern abnimmt und großzügig verschenkt.

Das königliche Geschenk dieser Stadt an meine Mutter war ein orientalisches, traumhaftes Kleid, das aus dem Nichts kam, angekündigt durch die kratzige Leitung eines alten Wählscheibentelefons.

Heute können wir uns nicht vorstellen, was dieses Kleid damals bedeutete. Ich aber lernte vor der Konsumgesellschaft eine vom Kommunismus geprägte Gesellschaft kennen, und so wie in der ersten die Überproduktion die treibende Kraft ist, war diese in der zweiten das aus dem Lateinischen stammende Fremdwort „Defizit". Defizit bedeutete für mich als kleines Mädchen: „Nein, das gibt es leider nicht." Es war eine Begründung dafür, warum alte zerschnittene Zeitungen anstelle des weichen Toilettenpapiers benutzt wurden, warum im Treppenhaus keine Glühbirne länger als ein paar Stunden leuchtete, bevor sie geklaut wurde. Es verweigerte also einer einfachen Sache seinen Existenzgrund – am schwersten davon betroffen war Kleidung. Ich habe den Inhalt des Kleiderschranks meiner Mutter noch in Erinnerung. Sie trug nicht viele Sachen, Kleider am seltensten. Kleider, die in Russland eine Frau ausmachen, ein Sinnbild des Geschlechts darstellen. Und meine Mutter war eine wunderschöne Frau.

Ich weiß noch, wie ich aus dem Wörterbuch das Wort „beautiful" abgeschrieben habe für einen Brief an Madonna, deren Adresse ich von meiner damaligen bulgarischen Brieffreundin bekommen hatte. Ich musste gleich dreimal beim Abschreiben hinschauen: E – A – U. Wie „Wasser" im Französischen. Eine ungewöhnliche, fließende Konstellation von Vokalen, gleich drei hintereinander! Madonna musste unbedingt wissen, dass meine Mutter schön war, denn diese Meinung teilten nicht alle.

Meine Mutter war auffällig in der nördlichen Stadt an der Grenze zum Winterlicht. Ihr Vater war ein Krimtatar, ein Aristokrat mit tiefsinnigem Blick und großmütigem Herz. Ihre Mutter war eine blauäugige Russin, blonder Lockenkopf, aus einem Dorf neben Smolensk. Die beiden lernten sich in Sankt Petersburg, damals Leningrad genannt, in der Nachkriegszeit kennen.

Meine Großmutter flüchtete schwanger aus Deutschland zurück in ihr Dorf, aus dem sie am Anfang des Krieges als Fünfzehnjährige in ein Lager entführt wurde. Eine Heldentat, dennoch gnaden- und ausnahmslos bestraft in der Sowjetunion unter Stalins Regime, weil jeder, der aus der Gefangenschaft heil heimkehrte, stand unter dem Verdacht, ein Staatsverräter zu sein. Meine Urgroßmutter tauschte die einzig gebliebene Kuh gegen einen gültigen Ausweis für ihre Tochter ein. Danach musste sich meine Großmutter umgehend in einer Großstadt verstecken, ein neues Leben anfangen und für immer über ihre Gefangenschaft schweigen.

Mein Großvater kam auch durch den Krieg nach Sankt Petersburg, wo er eine kleine chemische Fabrik leitete, und verliebte sich sofort in die viel jüngere Arbeiterin. Er adoptierte meine Tante und liebte sie wie sein eigenes Kind, das kurz daraufhin auf die Welt kam, meine Mutter namens Marina. Sie lebten in einem Mehrfamilienhaus, das von den deutschen Kriegsgefangenen, wie man sagte, lieblos gebaut war. Da wo auch ich später groß geworden bin. Die Sommerferien verbrachte meine Familie immer am Schwarzen Meer im Haus meiner krimtatarischen Urgroßmutter. Meine Mutter, so wie meine Schwester auch, hat die asiatische Seite der Schönheit verkörpert. Ich kam mehr meiner russischen Großmutter nach.

Zwei Kleider meiner Mutter waren besonders wichtig. Das eine war ein Etui-Kleid in braunen Tönen mit übergroßen wilden Stiefmütterchen. Ein richtiges 70er-Jahre-Kind, wie ich. Als sie dieses Kleid trug, saß ich auf ihrem Schoss und ertastete die Stiefmütterchen, unwissend, was sie waren. Über die Nacht wurde das Stiefmütterchenkleid gewaschen und im Winter auf eine Heizung gelegt. Im Sommer trocknete es über einem blauleuchtenden Gasherd.

Das andere war ein dunkelgrünes Kleid mit einem Gürtel, gestrickt von meiner Großmutter. Dieses Kleid begleitete mich die ersten Schuljahre. Ich liebte es nicht so sehr wie das andere, weil es ein Kleid der Pflicht und der Anpassung war. Es kratzte auch ein wenig.

Und dann kam dieses Märchenkleid einer orientalischen Prinzessin, ebenso fremd in diesem ewig scheinenden Winter, dieser ewig scheinenden Nacht wie meine Mutter. So fremd wie ihre warme und sonnendurchflutete Schönheit. Wie sich beide fanden! Diesen Moment der Zusammenfügung mit eigenen Augen zu beobachten, diesen Moment der Verzauberung, als auf der sandfarbenen Haut meiner Mutter die wundersamen farbigen Blumen des Kleids aufblühten. Man konnte die Landschaft der Krim sehen und riechen. Das dunkle dichte Gras im Garten meiner Uroma. Das türkisfarbene Meer, „rauschend und muschelschwer", wie meine Mutter den Wellen nach in Deutsch flüsterte. Die endlosen Mohnfelder, „Schlaffelder", wie man sie nannte. Die rauschenden Bergflüsse und die zerbrechlichen hängenden Brücken über diese. Das Kleid passte perfekt und schmiegte sich an ihren Körper an. Um den Bauch herum bildeten sich diagonal angenähte Falten, die das Gesamtbild noch fantastischer, wassermalerischer machten. Wir alle, meine Schwester, Tante Ira, die das Kleid fand, und ich, schauten dieser Verwandlung staunend zu.

Hat dieses Kleid das Leben meiner Mutter verändert? Schwer zu sagen, was dabei ein glücklicher Zufall war. Fest steht aber, kurz darauf traf sie meinen Stiefvater, und noch ein Jahr später zogen sie zusammen. Sie lief stolz durch die Straßen von Sankt Petersburg, als ob sie um die Zauberkraft dieses Kleides wusste, und ich, kein Kind mehr und noch keine Frau, begleitete und bewunderte sie. In meinen Erinnerungen waren alle Tage, an denen meine Mutter das Kleid trug, sonnig und sorglos – eine Seltenheit in dieser wolkigen nördlichen Stadt.

Das Kleid diente als Lieblingsstück für alle möglichen Angelegenheiten; im Reich des Defizits wartete man nicht auf einen besonderen Tag, sondern machte den Tag besonders. Sie trug das Kleid wie einen Glücksbringer und blieb in Erinnerung als eine warme, exotische Persönlichkeit. Sie wurde in diesem Kleid eine begehrte Frau und eine großzügige Mutter. Es war das Kleid ihres Lebens.

Leider war es mir und meiner Schwester – wir ähnelten uns, zwei zierliche Wesen – zu groß. Irgendwann aber nahm ich das Kleid, das schon vergessen und seit Jahren ungetragen im Schrank hing, und ließ mir von einer Schneiderin ein Tuch aus dem Kleid anfertigen. Aus der Vorderseite, da, wo sich am Kleid die weichen Falten um den Bauch meiner Mutter gebildet hatten und der Stoff noch am festesten war. Nicht groß, etwa ein Halstüchlein. Nun ja, das ist tatsächlich sehr symbolisch: Es kam wie ein Kind aus dem Leib des Kleides.

Dieses Tüchlein nahm ich mit nach Deutschland, das und noch ein paar Bilder, von meinen Großeltern, die ich kaum kannte, ein Ölporträt meiner Mutter, sowie ihren alten Gedichtband voller Eselsohren, den von Rilke. Diese kleinen Stücke – Stoff, Papier, Holz –, sie sind so viel mehr für mich als nur seelenlose Sachen, sie sind Geschichten.

III. Ein Tüchlein Heimat

> „Ich erinnere mich eines unvergesslichen Abends,
> da fiel bei unserem Abschied
> das Tüchlein von deinen Schultern und du versprachst,
> das blaue Tüchlein zu hüten."
> (Russischer Kriegswalzer)

Nachdem meine älteste Tochter alleine nach Deutschland gezogen oder eher dahingeschmolzen war, langsam, aber unwiderruflich, und so sehr dieser Gedanke auch schmerzte, wollte ich endlich ihr Zimmer aufräumen; meine Enkeltochter wurde groß und kam immer öfter zu Besuch. So fließt das Neue immer in das Alte.

Ähnlich stellte Tanja sich in der Schule vor, wie Russland im Mittelalter seine Angreifer, die Mongolen und Tataren, meine und ihre Vorfahren, in sich aufgenommen hatte, und wie in Generation um Generation die mongolisch-tatarische Herrschaft verblasste, weil Männer Russinnen heirateten und ihre Kinder auch und diese Kinder weitere Kinder gebaren. „Sind wir Menschen wie Wasser? Können wir so einfach davon fließen und uns auflösen?", fragte sie mich damals. Mein Kind war von dieser Art des friedlichen Sieges Russlands über die Fremden so begeistert. Was für ein Glück für sie, dass sie nicht in der Nachkriegszeit geboren war, wie ich. In meiner Kindheit war die Angst eines erneuten Angriffs penetrant in der Luft und die persönlichen Wunden, die der Krieg hinterlassen hatte, bluteten noch. Es gibt keine einzige Familie in Russland, die in dem Krieg keine schweren Verluste erleiden musste, keine Grausamkeiten, Verletzungen und Traumata zu verkraften hatte.

Dabei mussten auch meine Töchter in der Schule marschieren, Gasmasken tragen, mit Gewehren schießen, immer bereit sein. „Für einen Angriff? Für Schmerzen? Fürs Sterben?", hatte Tanja mich besorgt gefragt. Sie wollte gar nicht bereit sein, kämpfen wollte sie nie. Sie wollte auch nicht mit den anderen „das Krieglein" spielen und, den Sieg feiernd, „Hitler kaputt!" schreien. Diese waffenklirrende Welt passte gar nicht zu meiner kleinen nachdenklichen Ballerina. Sie war immer so anders als Mascha, ihre kleine Schwester, und anders als ich. Sie mit ihrer Porzellanhaut und hellen Augen, eine Europäerin. Die beiden Mädchen ähnelten sich ausschließlich in ihrer Zierlichkeit. Unsere Nachbarin, Tante Ira, wie sie sie nannten, rief die beiden nicht anders als „Na ihr Buchenwald'schen Pummelchen, habt ihr Hunger?", wenn sie uns ihre selbst gemachten Piroggen mitbrachte.

Ausgerechnet nach Deutschland ging Tanja, als sich die Grenzen öffneten. Gorbatschow hatte dafür gesorgt, die Sowjetunion zerbrach. Tanja, mein talentiertes Kindchen, sprach fließend drei Fremdsprachen und war an anderen Kulturen interessiert. So öffneten sich damals auch ihre eigenen Grenzen. Sie hat ihr Philosophiestudium abgeschlossen, war selbstständig, neugierig, stark. Ich bewundere sie.

Jedes ihrer Jahre im Ausland machte sie mir fremder. Ihr Aussehen wandelte sich, ihre Mimik. Sie lächelte mehr und wirkte plötzlich fröhlicher, unerwartet besonnen, losgelöst. Als wäre ihre Seele nun erleichtert. Sogar ihre Haut wirkte verwöhnt: Das mildere europäische Klima überstrapazierte ihr zartes Gesicht nicht so wie die Schneewinde von Sankt Petersburg. Ihre Schönheit ist filigran geworden, recht ungewöhnlich. Drei Jahre nach ihrem Umzug veränderte sich ihre Aussprache leicht, der Ton fiel anders in ihren Sätzen. Sieben Jahre später musste sie immer länger überlegen, wenn sie etwas beschrieb, machte winzige Fehler und korrigierte sich lachend selbst. Sie sagte, nirgendwo sei sie richtig zu Hause, aber überall eine begeisterte Zuschauerin. Sie zerfloss wie Wasser in ihren beiden Welten, und spiegelte diese ineinander wider. Nachdenklich und immer tiefer werdend.

Ich konnte meine Tränen nicht verstecken, als ich ihr beim Kofferpacken zuschaute. Ich wusste, dass ich sie ein, zwei oder sogar drei Jahre nicht mehr sehen würde. Eine ausländische Frau würde sie dann endgültig sein, aber auch immer noch mein Kind. Mascha flüsterte: „Krass! Meine Schwester ist deutsch!"

„Mama! Ach, weine nicht. Ich ziehe nicht in den Krieg, gehe nicht an die Front. Es gibt Skype und Viber, Wi-Fi überall. Na, komm her." Sie drückte mich fest an sich, ihre Stimme wurde leise und mild: „Ich habe immer, immer mein Tüchlein dabei. Weißt du noch? Aus dem Kleid, Deinem unvergesslichen Kleid, dem Krim-Kleid? Weine nicht. Ne platsch. Hör mal, platje, platok, platsch, – diese drei Wörter sind im Russischen verwandt, aber im Deutschen – Kleid, Tuch, Weinen, da gibt es ganz andere Klänge. Da lassen sich die Dinge neu, anders verbinden. Ich liebe Deutschland, Rilkeland. Weißt du, damals am Schwarzen Meer, unser Spiel mit den Wellen, ‚rauschend und muschelschwer' Mama, ich liebe dich."

Ich frage mich bis heute, wie das sein konnte.

Wie konnte es passieren, dass die Seele und das Leben meiner Tochter in jenes Land floss, das meine Mutter, ihre Großmutter, dem Krieg entfliehend, verließ. Alleine, schwanger mit meiner Halbschwester, als der verfolgte Häftling eines Lagers, über den Wald, über die Grenzen, koste es, was es wolle, und sei es das Leben selbst. Gerade einmal zwanzig Jahre alt.

„Ströme"

Ein gutes Gespräch

Gestern Abend waren wir in einem Thai-Restaurant essen.
Dort hörte ich die Geschichte mit der Tüte. Die Geschichte
wurde nicht direkt mir erzählt; ich wurde ein stiller Zuhörer,
ganz zufällig. Die Gäste am Nachbartisch haben sich darüber unterhalten. Sie saßen hinter meinem Freund. Ich sah sie, wenn
ich meinen Freund ansah, was üblich ist, wenn man zusammen
essen geht. An dem besagten Tisch war ein älteres Ehepaar, das
mit dem Rücken zu mir saß, ihnen gegenüber eine ältere Dame
und ein Herr mittleren Alters; wie ich im Laufe ihres Gesprä-
ches erfahren konnte, war er der Sohn der älteren Dame.

Ich habe nicht gelauscht. Ich habe mich mit meinem Freund
unterhalten. Ich erzählte ihm vom Osterbrunch meiner Freundin. Er war nicht dabei gewesen, und so beschrieb ich ihm die
anderen Gäste, wer sie waren und worüber wir uns unterhalten
hatten. Während ich erzählte, hörte ich, was am Nachbartisch
gesprochen wurde, am Anfang noch unbewusst. Peter saß mir
gegenüber und bemühte sich, mit meiner Erzählung mitzukom-
men. Ich bin mir sicher, er hat es irgendwann aufgegeben und
nur so getan, als hörte er mir zu. Ich merke es, wenn er mit den
Gedanken woanders ist. Aber egal, ich habe weitererzählt. So
auch die ältere Dame, die Mutter des Herrn mittleren Alters
am Nachbartisch. Nur mit dem Unterschied, dass sie sich vehe-
ment Gehör verschaffen wollte und ihre Geschichte mit der
Tüte einige Male wiederholt hat, so dass auch ich jede Einzelheit
mitbekam. Ich dagegen war eher gelassen und führte einen Mo-
nolog.

Wie ich die Geschichte mit der Tüte im Nachhinein rekon-
struieren konnte, hat diese Dame eine Ferienwohnung in
Frankreich. Wo genau, kann ich nicht sagen, da die genannten
Ortsnamen mir entfallen sind; sie waren mir nicht bekannt. Das

Paar, das ihr gegenüber saß, war nicht von hier. Das hörte ich heraus, als sie bezahlen wollten und der Sohn darauf bestand, sie einladen zu dürfen. Der Mann protestierte, worauf der Sohn sagte: "Das ist meine Heimatstadt und hier bezahle ich." Kurze Zeit später erfuhr ich, dass sie aus Köln waren. Die Mutter sagte, die Entfernung von Köln nach Frankreich sei kürzer. „Es sind von Köln nur 150 km bis nach Frankreich."

Das Kölner Pärchen möchte nach Frankreich fahren. Sie sind in Frankfurt, weil sie den Schlüssel für die Ferienwohnung brauchen. Wahrscheinlich, dachte ich, sind sie heute in Frankfurt angereist, gehen gemeinsam essen, werden die Nacht bei der Mutter schlafen und morgen nach Frankreich fahren. Ich vermutete, dass der Vater des Mannes mittleren Alters bereits verstorben ist. Das habe ich nicht heraushören können, und fragen wollte ich auch nicht. Ging mich ja nichts an, aber um die Geschichte für mich zu vervollständigen, habe ich beschlossen, dass sein Vater schon seit langer Zeit tot ist. Vielleicht ist er nur krank und liegt zu Hause, zweifelte ich für einen Augenblick, aber dann wären sie bestimmt nicht auswärts Essen gegangen. Dann hätte die Mutter etwas gekocht und sie wären bei ihm geblieben. Der Vater muss verstorben sein, entschied ich.

Also, das Pärchen fährt am nächsten Tag nach Frankreich und ist gekommen, um den Schlüssel abzuholen. Während ich diese Geschichte im Geiste nachbaute, erzählte ich vom Osterbrunch. So in etwa wird es die Mutter am Nachbartisch mitgekriegt haben, wenn sie nebenbei mir zuhörte, ähnlich wie ich ihr. Es waren eingeladen; ein normales Paar („Der Mann hat einen VW-Käfer auf ein Ei gemalt, kannst Du es Dir vorstellen? Das ganze Ei war ein VW-Käfer, nur etwas lang gezogen, und auch sonst interessiere er sich nur für Autos, sagte er, und seine Frau ist Heilpraktikerin, aber praktiziert nicht mehr, ein Burnout, wie schrecklich, sie hat zuletzt Angst gehabt, Angst, Patienten schlecht zu beraten, ihnen was Falsches zu geben, aber sie möchte wieder anfangen, vielleicht in einer Gemeinschaftspraxis oder so"), ein lesbisches Paar („Stell dir vor, ich habe es gar nicht gemerkt, sie sahen völlig normal aus, keine Ahnung, wie ich mir Lesben vorstelle, vielleicht denke ich in Klischees, dass die eine sehr maskulin sein müsse oder so, weißt Du, und apropos, das schwule Paar hatte abgesagt, den Toni kennst du auch, mit dem waren wir im King Khameamea Club"), ein deutscher Textil-Import-Exporteur aus Gomera („Er verkauft Klamotten, aber Andrea sagt, die sind nichts für mich, lauter Hippie-Sachen, er gab mir seine Telefonnummer, falls ich Interesse hätte, aber ich habe die Nummer nicht mehr, ach, weißt du, wenn die eh nichts für mich sind, dachte ich"), eine Frauenratgeber-Autorin („Sie hat mit einer Freundin bereits drei Bücher geschrieben, ihr letztes Buch ist ein erotisches Buch für Frauen, für das sie sehr viel Zeit in die Recherche investiert hat, sagte man mir, außerdem lebt sie die Hälfte des Jahres in Kalifornien, in Santa Barbara, mit ihrem zweiten Ehemann, der viel älter ist als sie, und mit dem hat sie keinen Sex mehr, aber mit andern Männern schon und der zweite Ehemann weiß das, sie sind sehr offen in dieser Beziehung, sagte sie mir") und eine Frau („Sie war auch alleine da, mit ihrer Beziehung stimmt etwas nicht, sie waren zehn Jahre zusammen und haben sich vor drei Monaten getrennt und kommen aber nicht voneinander los, und jetzt sagt sie, sie habe nur eine Affäre mit ihm"). So ungefähr muss es sich vom Nachbartisch angehört haben.

Die Mutter wollte unbedingt erklären, wie das Pärchen in die Wohnung reinkommt. Ich hörte zuerst etwas von einem Maler, der eine Tüte in den Garten geschmissen haben muss. Da hatte ich die Geschichte noch nicht verstanden und hörte etwas aufmerksamer zu. Ihr Sohn wollte sie unterbrechen und sagte: „Mama, das müssen wir doch nicht jetzt und hier bereden oder? Das können wir doch später klären?" Ich dachte, nein, später bin ich nicht dabei und drückte für die Mutter die Daumen, dass sie sich gegen den Sohn durchsetzen möge. Und

schon hörte ich sie sagen: „Ruhe da! Man muss doch mal darüber sprechen können, man muss über alles sprechen, nicht?"
Volltreffer, sagte ich mir und hörte aufmerksamer zu. Also,
diese Tüte liegt im Garten. „Ist sie denn immer noch im Garten?", fragte die Frau aus Köln. „Nein", sagte die Mutter, „die
Mieter haben die Tüte in die Wohnung geholt. Sie muss irgendwo in der Diele liegen." Ich gebe zu, ich verstand nicht,
was in der Tüte drin war. Es lag mir fast auf der Zunge zu fragen, als der Kölner Ehemann etwas Licht ins Dunkel brachte.
„Aber wie kommen wir in die Wohnung, wenn der Schlüssel in
der Tüte ist?" Aha, dachte ich, in der Tüte ist ein Schlüssel drin.
Vielleicht der Schlüssel für die Wohnung? „Nein, den Schlüssel
für die Wohnung gebe ich euch, den habe ich bei mir", hörte
ich die Mutter dem Kölner Paar erklären, und gleichzeitig
schaute sie ihren Sohn an, als Aufforderung, ihr den Schlüssel-
bund aus der Manteltasche zu holen. Ein Funken Protest blinzelte für einen kurzen Moment in seinen Augen, doch er gab
nach, stand auf und ging zur Garderobe des Lokals.

„Also", setzte die Mutter zum dritten Anlauf an, um es ihren Zuhörern ein für alle Mal begreiflich zu machen, wie sie
vorzugehen hätten. Ich spitzte die Ohren, während ich meiner
besseren Hälfte erzählte, dass ich auf mein erstes Osterei mit
Lila - neben Hellblau der einzig richtig malende Stift - kleine
Blumen malte, die von den anderen als Sterne bezeichnet wurden. „Ihr kommt mit diesem Wohnungsschlüssel in die Wohnung rein", fuhr die Dame fort und löste einen Schlüssel aus ihrem Schlüsseletui. „Und in der Wohnung liegt diese Tüte, die
der Maler in den Garten geschmissen hat. Darin ist der Schlüssel
für das Gartentor." So war das, dachte ich. Der Maler hat das
Gartentor gestrichen, von außen und von innen. Dafür hat er
den Schlüssel gebraucht. Als er fertig war, hat er das Tor von
außen abgeschlossen, den Schlüssel in eine Tüte getan und in
den Garten geworfen. So einfach. Das sei so mit ihr vereinbart

gewesen, hörte ich sie sagen. „Wie kam die Tüte in die Wohnung hinein?", fragte die Frau aus Köln.

Ich erzählte in diesem Moment, wie ich vor lauter Neid auf den VW-Käfer-Ei-Mann der Runde ankündigte, mit einem Goldstift eine nackte Frau auf meinem zweiten Osterei malen zu wollen, wie ich jedoch beim ersten Versuch, zwei Brüste auf ein Ei zu malen, scheiterte, danach meine Ankündigung korrigierte, dass ich viel lieber Ornamente zeichnen möchte, weil diese Kunst seit 5.000 Jahren existiere, also bei weitem älter sei als die gegenständliche Malerei und in jeder Kultur auf der Welt vorgekommen sei, während die gegenständliche Kunst eine Erfindung des Abendlandes sei, und außerdem die Tüte von den Mietern in die Wohnung gebracht wurde, nachdem der Maler sie in den Garten geschmissen hatte. „Das ist doch klar", sprach ich, „der Maler wurde beauftragt, das Gartentor zu streichen. Die Mutter hat das bestimmt telefonisch veranlasst, sonst hätte sie den Schlüssel nicht in einer Tüte in den Garten schmeißen lassen wollen oder?" und fuhr fort: „Manche Menschen hören einfach nicht zu. Ich habe diese Geschichte mit der Tüte von meinem Platz aus verstanden, aber stell Dir vor, das Kölner Ehepaar, das morgen nach Frankreich reist, um wahrscheinlich in der Wohnung der Mutter Ferien zu machen, hat dagegen nichts verstanden. Sie hat doch tatsächlich gerade gefragt, wie die Tüte in die Ferienwohnung gekommen ist, kannst Du das verstehen?" „Kann ich mal Dein Essen probieren?", fragte mich mein Freund.

Der Sohn griff ein, als die Mutter, zu meinem Überdruss, die Geschichte mit der Tüte zum vierten Mal erzählen wollte, und schlug vor, die Kölner sollten erst verreisen und von dort aus anrufen, wenn sie weitere Fragen haben sollten. Er schnappte den vorbeilaufenden Kellner und bat ihn um die Rechnung. Gott sei Dank, das wäre nun geklärt, dachte ich, und fing an von meinem dritten, selbstbemalten Osterei zu erzäh-

len, während das Kölner Paar, die Mutter und der Sohn, aufstand und ging. „Es war ein schöner Abend, nicht wahr? Wir
haben uns schon lange nicht so gut unterhalten", sagte ich zu
Peter. „Du hast recht", antwortete er, „wollen wir bezahlen?"

Als ich aufstand, um meine Jacke anzuziehen, sah ich nun
endlich auch die Personen, zwei Männer und eine Frau, die am
Tisch hinter mir saßen. Sie hatten sich während des ganzen
Abends auf Englisch über Vor- und Nachteile von Wohngemeinschaften unterhalten. Ich hatte mit meiner Vermutung
recht gehabt. Alle drei waren sehr jung.

Barbara Höhfeld

Nachruf

Kürzlich starb ein Freund. Ein Freund? Mehr als ein Freund, ein Geliebter, einer, der vor vierzig Jahren mein Leben verändert hat. Und doch vor allem: Freund, die ganze Zeit über. Ich möchte über ihn reden. Soll ich in mein Webtagebuch einen Nachruf setzen? Er würde das nicht wollen, sage ich mir. Und antworte: Es ist aber meine Geschichte. - Dann mach sie als die deine kenntlich und halt mich da heraus. –

Er starb drei Tage, bevor er 75 wurde. Wir telefonierten noch im Mai. Normalerweise sprachen wir nur zu unseren Geburtstagen miteinander, im Juni und im November. Warum hatte ich ihn außer der Zeit angerufen? Und er rief eine Woche später zurück? Über diesen Gesprächen, den letzten, wie mir jetzt bewusst wird, lagerte eine dunkle Wolke, eine Traurigkeit, die neu war und die ich nicht zu interpretieren wusste.

Aus seinen Erzählungen filterte ich immer meine eigenen Wirklichkeiten, die „wahren" Mitteilungen, das „eigentlich" Gemeinte; denn wörtlich durfte ich sie nicht nehmen, das wusste ich. Gewöhnliche Leute hatten ihn einen Lügner genannt, früher, als noch in Konversationen gelegentlich von ihm die Rede war. Ich schüttelte dann den Kopf, wenn nicht immer frei heraus, so doch im Geheimen. Ich wusste es besser. Er war ein Weiser, und ich konnte seine Weisheit erkennen. Nach unserer Begegnung hatte ich angefangen, Gedichte zu schreiben. Das erste hieß:

> Ich stehe auf der Milchstraße und friere.
> Deine Augen funkeln, und deine Hände
> Legen einen Mantel über meine Schultern.

Zu meiner Schulzeit hatte ich Gedichte verfasst, doch fanden sie damals keine Anerkennung. Einmal waren wir zu zwei Klassen eine Woche in einer Jugendherberge, und die Lehrer schrieben einen Wettbewerb aus. Zehn Aufgaben sollten wir lösen, und weil uns die Lehrer unterschätzten, erwiesen sich beide Klassen gleich gut. Jede Klasse sollte unter anderem ein Gedicht vorlegen, und schließlich wurde der Wettbewerb an der Qualität dieses Textes entschieden: die Klasse gewann, deren Gedicht den volkstümlich einfachen Umständen in einer Jugendherberge entsprach. Den unterlegenen Text beurteilten die Lehrer als zu hoch, zu gebildet, zu anspruchsvoll, und den hatte ich geschrieben. Meinetwegen hatte die Klasse den Wettkampf verloren! Mit Knittelversen gewannen die andern. Das wirkt bis heute nach.

Als ich meinen Freund traf, war ich schon vierzig und wusste, dass ich so viele Gedichte schreiben kann, wie ich will, und wenn mir das wohl tut, dann genügt das. Ich schrieb nach diesem ersten Gedicht sehr viele andere, zeigte sie niemanden und war mir nicht sicher, ob sie nicht ein Ausdruck von Verrücktheit waren. Ich vermochte mich selbst nicht einzuschätzen. Dennoch hob ich alles sorgfältig auf. Ein einziges Mal verschenkte ich so ein Gedicht, aber die Empfängerin war gar nicht angetan: ich hatte sie in meinen Zeilen als „amethystfarbene Mutter" verehrt. Sie aber sah in mir die Rivalin und meinte, dass ich die wenigen Jahre, die sie älter war als ich, als Waffe gegen sie benutzte. Wortlos ließ sie mein Gedicht verschwinden. Das begriff ich aber erst viel später.

Ich brauchte lange Zeit, eh ich verstand. Als ich ihr zwanzig Jahre später den Roman zeigte, den ich über jene Zeit geschrieben hatte, las sie ihn und kommentierte: „Aber du hast ihn ja wirklich geliebt!"

Spielenden Kindern gleich
Werfen wir uns Bälle zu
Und mit jedem Wurf
Fliegt ein Stück meiner Seele.

Worte gehen hin und her
Wie Seifenblasen in der Brise
Leicht und schillernd
Vieldeutig und zerbrechlich

Wo sie hin treffen
Bleibt eine Wunde
Die leise aufblüht
In einer dunklen Rose.

Unsere Beziehung ließ sich mit keiner anderen vergleichen. Wir wurden nie ein „Paar" und lebten an verschiedenen Orten. Nie war vorauszusehen, wann die nächste Begegnung kam und wie sie verlief. Nur die Erregung, meine Erregung blieb. Sie blieb und sie erneuerte sich, und wenn wir uns erblickten, streckte sie sich zwischen uns aus, mit unveränderter Kraft. Gedichte schrieb ich anfangs aus schierer Sehnsucht:

Über den Hecken hängt der rote Mond
Halb verhüllt
Verschweigt er mir meine Zukunft
Ein Dialektiker auch er

Über die Weiden schreiten nickende Fohlen
Die Nacht genießend
Und den kühlen Tau
Die Wiesen sind wieder grün geworden

Im Herzen schwermütige Freude
Fahre ich heim
Der Mond
Scheint auch dort wo du bist

Er hatte immer Frauen um sich, neben einer ständigen Freundin wechselte er die Beziehungen fast täglich. Wir stritten damals meistens um das Verhältnis zwischen Männern und Frauen. 1975 hatte die UNO „das Jahr der Frau" ausgeschrieben. Er machte Witze darüber. Für ihn galt es als sicher, dass ein Mann sich erotisch nicht festlegt. Ja, er ging so weit, diese Freiheit beiden Geschlechtern zuzugestehen. Doch spürte ich deutlich, dass mein Vorteil gegenüber anderen Frauen im Verhältnis zu ihm in der Treue läge. Er bestritt das. Mich schmerzte die Situation beträchtlich.

Wir hatten uns unter dem Zeichen der Emanzipation kennengelernt. Emanzipation, Selbsterfahrung, Selbstverwirklichung hießen die Vokabeln der Stunde. Sie galten für Männer wie für Frauen. De facto bedeuteten sie Unterschiedliches – das sag ich heute, und verweise auf die unterschiedliche soziale Lage von Männern und Frauen damals: verheiratete Frauen durften ohne die schriftliche Genehmigung ihres Gatten kein Konto eröffnen, keinen Arbeitsvertrag unterschreiben. Wir hatten eine andere Sozialisation. „Mädchen brauchen nicht zu studieren, sie heiraten ja doch."

Mein Leben hatte ich dennoch vergleichsweise gut gemeistert, alles erreicht, was sich eine Frau nur wünschen konnte: einen akademischen Abschluss, eine Ehe, Kinder; nach der Scheidung einen guten, sicheren Arbeitsplatz. Ich wurde in meiner Umgebung respektiert. Das Bekannte und Vertraute hatte ich erkundet, seine Grenzen sogar erweitert. Mit ihm stieß ich auf das Fremde, das ganz Andere, das nicht Vorstellbare. Er führte mich in eine neue Welt ein. Er las „Zettels Traum" von Arno Schmidt. Er kam mit reichlich Erfahrungen

aus studentischen „Wohngemeinschaften" in unsere Provinz-
stadt. Er war Jurist, kannte sich in Finanzen aus. Soziale Hintergründe erfasste er sofort, nützte sie, erklärte sie mir. Politische
Hintergründe sowieso. Er schien auf jedem Parkett zuhause.
Ich staunte, ich lauschte. Seine erotischen Eskapaden kamen mir
als selbstverständlicher Teil des Ganzen vor, dieser neuen
Welt, die zu erfassen ich immer gieriger wurde.

Ja, wir konnten uns streiten, und blieben uns trotzdem ge-
wogen. Offenheit war Bedingung. So verstand ich es. Ich verstand noch mehr: dass alles auf der Welt viele Seiten hat, dass
sich die Verhältnisse auf mehreren Ebenen darstellen lassen.
Auf vordergründige und hintergründige Weise, auf philosophi-
sche und mystische Weise. Ich las und entdeckte Martin Buber.
Der schrieb: „Wenn einer singen will und kann die Stimme
nicht erheben, und es kommt einer, mit ihm zu singen, so kann
auch er die Stimme erheben." So erging es mir. Mein Freund
half mir singen. Bei Buber folgt noch ein Satz: „Das ist das Ge-
heimnis des Haftens vom Geist am Geist." Über diesen Satz
musste ich länger nachdenken. Er meint das Verhältnis von Lehrer und Schüler, ein besonders inniges Verhältnis, wo sich einer
in den andern hinein versetzt und auf diese Weise ein Verstehen
vertieft. Wo beide lernen.

Es gab Zeiten, da war ich nicht mit ihm einverstanden und
merkte, dass ich recht hatte. Nicht, dass ich ihm irgendwas vor-
warf. Nein, ich bestand nur auf einem abweichenden Stand-
punkt, wenn sich im Gespräch die Gelegenheit ergab. Oder im
Gedicht.

> Mein Schatz, ich bin nicht krumm genug
> Um Stein in deinem Haus zu sein
> Ein Haus
> Das keine Geraden kennt

Mein Schatz, ich bin nicht jung genug
Um zu glauben, was du mir flüsterst
Die Lüge
Das Leben sei nun mal so

Mein Schatz, ich bin nicht dumm genug
Um nicht die Nebengeräusche zu hören
Der Angst
Du könntest scheitern

Dieses Gedicht erschien sogar gedruckt in einer Literatur-
zeitschrift. Ich weiß nicht, ob er es je gesehen hat. Das Gedicht
galt mir, nicht ihm.

Denn mit den Jahren dämmerte mir eine Erkenntnis, die
noch heute wenig Verbreitung findet oder über die wenig gesprochen wird: Das Selbstgefühl eines Mannes, sein Bewusstsein von Überlegenheit — über den Rivalen, über die Frauen —
drückt sich unmittelbar in seinen Erektionen aus. Wenn die
Selbstgewissheit fehlt, dann gelingen sie oft nicht. Und im Hin-
blick darauf schien mir gelegentlich, so feministisch ich mich
auch fühlte, ein Kompromiss sinnvoll. Eine Nachsicht gegenüber der Angeberei, gegenüber dem Sich-zu-weit-aus-dem-
Fenster-lehnen, dem sich Männer gern überlassen, oder was
den Frauen so vorkommt. Ich schrieb ein Gedicht mit dem Titel
„Feuerwerk":

Feuerwerk findet
Im Dunkeln statt. Tagsüber
Legt man die Schnüre,
Richtet die Ständer,
Verschüttet sein Pulver nicht.
Während die Nacht den Himmel
Erwandert, wartet
Der Feuerwerker, unsichtbar,

bis die magische Stunde beginnt
Dann erst zündet er
Das Feuer zur Feier, zum Fest

Warme Sommernächte in der Stadt. Auf dem Land, wenn sich die Menschen zu großen Festen versammeln. Durch ihn erspürte ich zum ersten Mal die Magie solcher Nächte: die Wärme, den Duft der Pflanzen, das Glück im Hoffen und Anschauen, die Erregung und ihre verschwommenen Ziele. Ein geheimnisvolles Summen lag über den Szenerien – zu jener Zeit hatten die Lautsprecher sich noch nicht so breit gemacht wie heute, wo sie alle Sinne erschlagen. Ich spürte das Gemeinsame in der Gesellschaft und fürchtete gleichzeitig, ich gehörte nicht dazu – seine Nähe verlieh mir genug Mut, um nicht davon zu laufen.

Nun hat er sich davon gemacht. Viele, viele Male habe ich erlebt, wie er fortging, wie er unerreichbar wurde und doch: ich wusste ihn unter den Lebenden; und wenn ich mein Gleichgewicht wiedergefunden hatte, dann konnte ich ihn anrufen. Wir verfielen gleich in unsere alten und doch immer neuen Gespräche. Der Zauber des Anderen stellte sich ein. Einmal schrieb ich ein Gedicht über das Fortgehen; damals verstand ich es als eine Fertigkeit, die mir fehlte, eine, die ich gern lernen wollte. Heute zeigt sich das Gedicht in einer unerwarteten Endgültigkeit:

Ausweg

Der Wind treibt mich
In den letzten Winkel,
Auch dort noch bin ich
Ungeschützt.
Ich presse meinen Körper
An die Wand:

Weiter
Geht es doch nicht!
Denkst du,
Schnalzt einer,
Und fliegt davon.

Annas Fest

Ein strahlender Tag im Mai. Die Flurtür geht auf und unser Schwiegersohn Max kommt herein. „Jetzt könnt ihr in die Klinik fahren; nehmt Jonas mit, damit er gleich seine Schwester kennenlernt", sagt er, setzt sich auf das Sofa und lächelt müde. „Ich bin der Bruder", stellt Jonas fest. „Ja, du bist der große Bruder", versichert ihm Jochen. Ich muss lächeln, als ich daran denke, wie Jonas vor ein paar Tagen in der Sandkiste gebuddelt und vor sich hingeredet hatte: „Komm raus, Baby, heute ist dein Termin."

Im Patientenzimmer angekommen, stellt sich Jonas schüchtern an das Bett, in dem unsere Tochter mit einem kleinen Bündel auf dem Bauch liegt. „Klettere doch mal hoch", fordert ihn Laura auf und fasst seinen Arm an. Jonas legt sich auf das Bett und streichelt vorsichtig die Wange seiner Schwester. Da öffnet die Neugeborene ihre Augen. Es kommt mir vor, als ob ihr Blick ein Wissen verbirgt, zu dem Erwachsene keinen Zugang haben. An Annas Geburtstag scheint die Sonne noch am Abend, als wir nach Hause fahren.

Dreieinhalb Jahre später klingelt an einem Oktobernachmittag das Telefon, Jochen nimmt ab. „Schlechte Blutwerte … heute noch …. In einer halben Stunde bin ich da", entnehme ich dem Gespräch, und in mir breitet sich eine Angst aus, noch bevor Jochen auflegt. „Der Kinderarzt hat Anna in die Universitätsklinik überwiesen, bei ihr ist die Zahl der Thrombozyten extrem niedrig", erklärt er mir. Jochen spricht ruhig, aber sein Blick ist besorgt. „Ich habe versprochen, gleich hinzufahren, um auf Jonas aufzupassen, damit Laura und Max Anna zur Untersuchung bringen können", sagt er und ist gleich schon draußen.

Die Dämmerung geht in Dunkelheit über. Erstarrt warte ich auf eine Nachricht und denke an Anna: Ich schiebe sie im

Kinderwagen, gespannt beobachtet sie Zweige, die sich im Wind bewegen, schaut zu mir hoch und möchte nicht einschlafen. Später, als sie etwas größer geworden ist, übernachtet sie manchmal bei uns mit Jonas, wacht morgens fröhlich auf und will auf den Schoß genommen werden. Es kommen viele Bilder, bevor das Telefon klingelt und ich Jochens Stimme höre: „Max hat angerufen, die Ärzte meinen, dass Anna wahrscheinlich Leukämie hat, aber eine genauere Diagnose gibt es erst morgen, nach weiteren Untersuchungen. Sie und Laura bleiben in der Klinik." Mein Herz klopft. „Wieso Leukämie, sie war doch heute noch im Kindergarten?", frage ich hilflos. „Sie hat schon krank ausgesehen vorhin", sagt Jochen leise. „Ich fahre bald nach Hause, Max ist schon unterwegs. Jonas kann nicht schlafen, ich lese ihm noch etwas vor", fügt er hinzu. In der Nacht sitzen wir lange zusammen und versuchen Vorzeichen für Annas Erkrankung zu finden. Sie hat etwas blass ausgesehen und manchmal müde gewirkt. Aber so sehen auch gesunde Kinder gelegentlich aus, beschwichtige ich mich selbst. „Unser Schwiegersohn war sehr bewegt, als er vom Krankenhaus zurückkam. Mir war zum Weinen zumute und ich glaube, ihm auch", erzählt Jochen noch mit bedrückter Stimme.

Am nächsten Tag bestätigt sich die Diagnose. Anna hat akute lymphatische Leukämie. Wir erfahren auch, dass sie sehr gute Chancen hat, wieder gesund zu werden. Es wird sofort mit einer Intensivtherapie begonnen. Das bedeutet, dass Anna sowohl stationär als auch in der Tagesklinik behandelt wird. Zwischen den Therapien und Untersuchungen kann sie sich zu Hause erholen. Ein paar Tage später fragen wir nach der Kinderkrebsstation. Mir ist unwirklich zumute. Im Krankenzimmer sitzt Anna auf der Bettkante mit ihrer Mutter. Sie hängt am Tropf, aus dem chemotherapeutische Medizin ins Blut fließt. Schwerkrank sieht sie nicht aus. Wir unterhalten uns leise über den Klinikalltag, dabei betrachte ich das kleine Mädchen, das mit Anna das Zimmer teilt. Wir erfahren, dass es einen Tumor hat und auch neu in der Klinik ist. An der Wand lehnen Klappbetten für die Eltern, die Tag und Nacht bei ihren Kindern auf der Station bleiben. Laura musste von einem Tag auf den anderen aufhören zu arbeiten. Bald will Anna in die Spieleecke gehen. Laura schiebt den Tropfständer in den Flur, wo Anna auf das Gestell steigt, mit einem Fuß Schwung holt und dann durch den Korridor saust. Ihre Mutter läuft hinterher und versucht, die Schläuche auseinander zu halten. Nach einigen Gesellschaftsspielen verabschieden wir uns. Anna schaut uns nicht an. Sie muss noch einige Tage in der Klinik bleiben. Auf dem Nachhauseweg spüre ich, dass meine Angst ein Quäntchen nachgelassen hat.

„Ich bin sehr krank, ich kann euch nicht besuchen", sagt Anna und sieht uns ernst an. Ich warte eine Weile, bevor ich antworte, damit sich meine Stimme normal anhört. „Wenn es dir wieder gut geht, kommst du zu uns." Anna ist zu Hause und Max versucht ihr Tabletten zu geben, klein gehackt mit Saft. „Ich nehme das nicht, niemals", schreit Anna, nachdem sie alles ausgespuckt hat. „Gestern haben wir über eine Stunde versucht, aber sie hat das Medikament geschmeckt, egal womit wir es ihr eingeben wollten", seufzt Laura. Im Krankenhaus wird Anna eine Nasensonde für die Medikamenteneinnahme angelegt.

Als Jonas eine Erkältung bekommt, verbringt er ein paar Tage bei uns. „Anna hat keinen Krebs", sagt er, und es klingt wie eine Frage. „Sie hat Leukämie und bekommt Medikamente und wird im Krankenhaus gut gepflegt", antworte ich. „Anna hat aber keinen Krebs!", insistiert er weiter. Zu Hause hatte Jonas Zettel geschrieben und liegen gelassen: *Ich wil niht, das Anna krank ist und Liber Papa wie get es deina Tohter?* steht da mit Druckbuchstaben eines Erstklässlers. Jonas und sein Vater sind oft alleine zu Hause, und an den meisten Tagen muss er bis zum späten Nachmittag im Hort bleiben. Gelegentlich holt Jochen ihn ab und die beiden gehen ins Museum oder zum Schwimmen.

„Heute früh um sechs habe ich Hackbällchen für Anna aufgewärmt, sie hat ständig Hunger, manchmal auch nachts. Das kommt von der Kortison-Therapie, die gerade jetzt stattfindet", erzählt Laura eines Tages. Annas Gesicht ist aufgedunsen und hat eine gelbliche Farbe. Sie und Jonas sitzen auf dem Sofa und sehen sich „Michel aus Lönneberga" an. Nachher trägt ihr Vater sie nach oben, sie ist zu schwach zum Gehen.

„Das ist mein Hicki, ich muss nicht mehr gepiekst werden", sagt Anna und zieht ihren Pullover hoch. Darunter trägt sie ein Täschchen, in dem das Ende eines Infusionsschlauchs steckt, der eine direkte Verbindung zum Blutsystem ermöglicht. Der Hickman-Katheter wurde Anna einige Wochen nach Beginn der Therapie unter Narkose in die Brust eingesetzt.

In der Nacht zwei Tage vor Weihnachten erbricht Anna und ihr Vater bringt sie in das Krankenhaus. Anna soll über Weihnachten in der Klinik bleiben. Es gelingt Max jedoch, den Arzt davon zu überzeugen, dass es für ihn wichtig ist, gemeinsam mit seinem Vater Weihnachten zu feiern, denn er ist schwer krank. Am späten Nachmittag am Heiligabend wird Anna entlassen, aber sie muss am nächsten Morgen noch für einen halben Tag in die Klinik. Danach können wir ein paar Stunden zusammen verbringen. Ich habe das Essen mitgenommen und auch Anna hat wieder Appetit. Ich sehe nach draußen in die Dunkelheit, in der eine Laterne leuchtet, und denke an die Weihnachtskarte, auf der Anna mit ihrem Bruder fröhlich lacht. Nur an der Nasensonde kann man erkennen, dass sie krank ist.

Annas nächste Behandlungsphase wird verschoben, damit sich ihre Blutwerte verbessern. Sie muss mehrmals die Tagesklinik besuchen, bevor mit einer neuen Therapie begonnen wird. „Heute mussten wir neun Stunden in der Klinik verbringen, vier Stunden davon haben wir auf eine Blutkonserve gewartet. Ich war danach vollkommen geschafft, aber Anna hat gesungen", erzählt ihre Mutter eines Tages. Während der neuen

Behandlungsphase könnten die Schleimhäute angegriffen werden, und das wäre sehr schmerzhaft, hatten wir von Laura erfahren. Anna verträgt die Therapie aber gut. Inzwischen braucht sie keine Nasensonde mehr für die Medikamenteneinnahme zu Hause. Unsere jüngere Tochter will Anna besuchen und kommt mit den Kindern zu uns. Da Sophie und Leon ganz gesund sind, dürfen sie ihre Cousine zu Hause besuchen. Die Mädchen spielen mit Puppen. „Ina hat Leukämie", erklärt Anna, holt ihren Arztkoffer und untersucht sie sorgfältig, bevor sie die Puppe zudeckt.

„Wie sind die Ergebnisse der Laboruntersuchung?", frage ich wieder einmal. „Ganz in Ordnung", antwortet Laura. „Es geht Anna zurzeit so gut, dass sie mit uns ihren Opa Gerd besuchen konnte. Er schafft es nicht mehr, den kurzen Weg zu uns zu kommen. Er hat sich über den Besuch sehr gefreut." Ich erinnere mich daran, dass Max Anna schon ein paar Mal ins Krankenhaus bringen musste, weil sie Fieber bekam. Ich möchte nicht daran denken, dass sie erst dann als geheilt gilt, wenn sie fünf Jahre lang nach der Diagnose keinen Rückfall erleidet.

„Ach, hier bist du, ich habe dich überall gesucht", sagt ein junger Arzt, der in das Spielzimmer der Station schaut. Dann untersucht er Anna dort und spricht mit ihrer Mutter. Anna spielt gleich weiter. „Wollten Sie noch weiter untersuchen?", fragt Laura, weil der Arzt in dem Raum stehen bleibt. „Nein, es ist nur schön, so ein fröhliches Kind zu sehen", antwortet er. Den Weg zurück in ihr Zimmer fährt Anna mit dem Tropfständer. „Hallo, Surfer-Girl", begrüßt sie Erkan, der Freiwilligendienst im Krankenhaus leistet, und lächelt fröhlich. Im Krankenzimmer setzt sich ein Pfleger an den Tisch und spricht ruhig und ohne Eile über die Behandlung. Am anderen Bett liest eine Mutter ihrer kleinen Tochter etwas vor. Es ist fast behaglich. Als ich weggehe, fällt mir ein Bild auf, das in der Spieleecke hängt. Darauf ist ein hoher schneebedeckter Berg zu sehen.

Mehrere kranke Kinder haben es zusammen gemalt. Später bereiten die Erzieherinnen eine Kunstausstellung vor. Anna hat dafür zwei Bilder gemalt: ein Gespenst und einen Teddybären.

„Sie hat den ganzen Vormittag geschlafen, bis ihre Mutter kam", erzählt Jochen, nachdem er einmal in der Klinik auf Anna aufgepasst hatte. Es geht ihr aber gut und im März kann sie zu einem kurzen Besuch zu uns mitgenommen werden, zum ersten Mal seit ihrer Diagnose. „Es war so schön, dass ich bei Omas Geburtstag dabei sein konnte", erzählt sie nachher zu Hause. Da der Katheter sich lockert, muss ein neuer eingesetzt werden. Dafür muss Anna wieder operiert werden. Ostern nähert sich, und Anna darf spazieren gehen und unter Leute. „Wir waren Eis essen", erzählt sie strahlend. Gegen Abend wirkt sie oft erschöpft und muss früh ins Bett gehen. „Wenn ich ganz gesund bin, will ich in das Pippi-Langstrumpf-Land fahren", erzählt Anna. „Setze dich hierher zu mir", sagt sie, „wir fahren jetzt nach Schweden." Ich nehme Platz auf einem Stufenhocker neben ihr, und wir schieben uns mit dem Möbelstück über den Fußboden. „Es ist nicht mehr weit, ich kann schon Pippis Haus sehen", sagt Anna nach einer Weile. „Es war eine lange Fahrt", stelle ich fest und räkele mich.

Ende April, bevor Jochen und ich für einige Tage verreisen, besuchen wir Anna in der Klinik. Sie sitzt auf dem Bett, ihr Gesicht ist graugelb und aufgedunsen. Sie lässt den Kopf hängen und sieht kaum bemerkbar unter den Augenbrauen hervor, als wir sie begrüßen. „Die Kortison-Therapie ist jetzt stärker als im Herbst", erklärt Laura. „Anna ist sehr müde und hat ständig Hunger." Ich versuche meine Besorgnis zu unterdrücken. „Haben die Clowndoktoren dich besucht?", frage ich Anna. Sie lässt den Kopf weiterhin hängen und antwortet nicht. „Soll ich dir etwas vorlesen?", fragt Jochen. Keine Antwort. Wir müssen zum Bahnhof fahren. Ich freue mich nicht auf die Reise.

„Ich muss Anna zur Untersuchung in die Klinik bringen, sie hat ständig Durst", erzählt Max Jochen am Telefon. „Kannst du kommen und dich um Jonas kümmern, Laura ist ja mit einer Freundin verreist und kehrt erst morgen Nachmittag zurück?" Jochen fährt hin und meldet sich am späten Abend: „Annas Zuckerwerte sind sehr hoch, die beiden müssen im Krankenhaus bleiben. Ich bringe Jonas mit, er kann sich bei uns ausschlafen. Gut, dass morgen der erste Mai ist." Als Laura zurück nach Hause kommt, fährt sie gleich in die Klinik, da Max am nächsten Tag arbeiten muss. Anna bekommt Spritzen gegen Diabetes in kurzen Abständen. „Wenn das Cortison wieder abgesetzt wird, soll sich das wieder normalisieren", erzählt Laura uns. Nach ein paar Tagen erkrankt Anna an einer Magendarminfektion und wird isoliert. „Ich habe mich schon so darauf gefreut, dass ein Ende der Intensivtherapie in Sicht war, und jetzt das", seufzt Laura. Wenn Max zu Besuch kommt, geht sie spazieren. Sie fühlt sich gefangen in dem Isolierzimmer.

An einem Abend fahre ich zur Klinik, um auf Anna aufzupassen. Im Zimmerflur desinfiziere ich die Hände gründlich und ziehe mir einen Kittel an, was jetzt erforderlich ist. Anna sitzt auf einer Unterlage und sieht blass aus. Nach einer Weile leert sich ihr Darm auf das Vliestuch. Ich klingele, da ich sie nicht in das Badezimmer tragen kann. Eine Krankenschwester kommt und macht sie sauber. Danach spielen wir zusammen ein Brettspiel. „Würfele du für mich", bittet Anna nach einer Weile und legt sich hin. Mit Ruhepausen spielen wir weiter. An Annas Kopfkissen sitzt ein dünnes Plüschtier, orange mit weißen Streifen. „Sorgenfresser" steht darauf und auf dem Rücken ist ein Reißverschluss. „Das habe ich von der Klinik zum Geburtstag bekommen, aber ich kann da nichts reinstecken, ich habe keine Sorgen", erklärt Anna. Ich muss schlucken, danach versuche ich ihr zu erklären, was das Wort bedeutet. Erfreut sieht sie mich an. „Ich habe doch Sorgen: dass der Schinken alle wird." Es ist mir gleichzeitig zum Lachen und Weinen. Ich blättere in einem dicken Buch, das sie von ihrem Kindergarten zum Geburtstag bekommen hat. Es ist voll von selbst gemalten Bildern, schönen

Geschichten und Grüßen. An ihrem vierten Geburtstag durfte Anna nur kurz nach Hause fahren

In den letzten Wochen sind ihre Haare immer dünner geworden. „Du siehst komisch aus", ruft Jonas und betrachtet seine Schwester, die außer einem dünnen langen Haarstreifen nur eine flaumige Schicht auf dem Kopf hat. „Das ist cool", antwortet Anna. „Das hat Maria gesagt, sie hat meine Haare geschnitten." Der zweiwöchige Krankenhausaufenthalt hat Annas Muskeln geschwächt, aber nach der Physiotherapie geht es ihr wieder besser. Nach dem Ausklingen der Cortison-Therapie normalisieren sich ihre Zuckerwerte und der Heißhunger bleibt aus. Im Juni übernachtet sie zum ersten Mal seit ihrer Krankheit bei uns. Sie sieht gesund aus und ist fröhlich. Beim Dreiradfahren wird sie aber schnell müde, und ich muss sie schieben.

„Ich halte dir die Daumen und auch die Zehenspitzen hoch", sagt eine Krankenschwester, als Anna im Juni ihren letzten Tag auf der Station hat. Im Korridor stimmt eine Mitarbeiterin des Psychosozialen Dienstes mit ihrer Gitarre ein Lied an und die Kinder singen mit. „Sie können doch später mal zu Besuch kommen", sagt sie zu Laura. Zusammen verlassen wir die Klinik. Im Auto legt Laura eine CD auf und Musik klingt aus dem Lautsprecher: „Sweet Caroline..." „Dieses Stück hörten wir mit Annas Patentante Jule auf dem Weg zum Bahnhof, nachdem sie uns besucht hatte. Es herrschte eine fröhliche Stimmung, das war kurz vor Annas Diagnose. Als wir sie zur Untersuchung in die Uniklinik brachten, steckte die CD noch drin. Seitdem höre ich sie immer wieder, wie aus Trotz", erzählt Laura. Ich steige am Bahnhof aus. Der Refrain klingt mir noch lange nach:

> „Good times never seemed so good
> I've been inclined
> To believe they never would."

In der nächsten Zeit wird Anna noch oft in der Tagesklinik untersucht. Ende Juli, nachdem ihr der Katheter unter Narkose entfernt worden ist, endet die Intensivtherapie. Während der Dauertherapie zu Hause muss sie jeden Tag Medikamente einnehmen und in der ersten Zeit alle zwei Wochen zu Laboruntersuchungen in die Klinik fahren. Sie besucht wieder ihren Kindergarten, aber anfangs fühlt sie sich dort fremd und sitzt die meiste Zeit der Erzieherin auf dem Schoß. Aber es dauert nicht lange, bis sie wieder Anschluss findet. Wenn wir zu Besuch bei Annas Familie sind, will sie manchmal mit ihrem Laufrad zum Friedhof fahren. „Hier ist das Grab von Opa Gerd", sagt sie und bleibt stehen. „Wir vermissen ihn sehr."

An einem Wochenende verreisen Laura und Max, und die Kinder bleiben bei uns. Jonas kauert sich oft auf allen Vieren auf der Treppe oder dem Sofa und hat keinen Appetit. „Hast du Bauchschmerzen?", frage ich ihn. „Ja", antwortet er. „Ich will nach Hause." „Deine Eltern kommen doch schon morgen Abend wieder, wollen wir auf der Karte nachsehen, wo sie gerade sind?", schlägt Jochen vor. Ich begreife, dass Jonas Angst um seine Eltern hat. Er lässt sich nicht aufmuntern. Seit Annas Krankheit will Jonas oft nach Hause, wenn er bei uns übernachtet. Früher wollte er immer mehrere Tage bleiben.

Im Herbst fährt die ganze Familie für vier Wochen zu einer Kur nach Sylt. Am Ende dieser Zeit verbringen wir eine Woche dort. Auch unsere jüngere Tochter kommt zu einem kurzen Besuch mit ihrer Familie. Die Kinder bauen Burgen am Meeresufer, und wir laufen zusammen in den Dünen. Sonne und kurze Regenschauer wechseln sich ab, doch ist es befreiend, bei dem windigen Wetter tief einzuatmen. Jonas hat einen fröhlichen Gesichtsausdruck, als er einen Tunnel im Sand buddelt oder gegen die hohen Wellen mit Schaumkronen läuft. Ich betrachte seinen Vater im Strandkorb und denke daran, dass auch er viel Zeit in der Klinik verbracht hatte. „Es war nicht körperlich anstrengend, dort zu sitzen, aber hinterher war ich ganz erschöpft. Deswegen musste ich oft Termine absagen", hatte er einmal erzählt. „Dir scheint die Zeit hier gutzutun", sage ich ihm. „Ja, sie tut uns allen gut", antwortet er.

Wieder zu Hause, kann Anna sich an allem beteiligen wie gesunde Kinder. In den Wintermonaten hat sie manchmal eine Erkältung. Wenn das Fieber länger anhält, steigt in uns eine Angst auf, und wenn jemand im Kindergarten eine Krankheit bekommt, die für Anna gefährlich werden könnte, muss sie zu Hause bleiben. Nach den vielen anstrengenden Monaten fühlt sich Laura ausgelaugt, und es dauert eine ganze Zeit, bis sie am normalen Leben Freude empfinden kann. Im Winter fängt sie wieder an zu arbeiten, zuerst mit geringer Stundenzahl. Im Sommer erfüllt sich Annas Traum von einer Reise in das Astrid-Lindgren-Land nach Vimmerby.

An einem Tag im Oktober, zwei Jahre nach der Diagnose, ist die Behandlung zu Ende. Die Krebsmedikamente werden abgesetzt, nur ein Antibiotikum muss Anna noch eine Zeit lang weiter einnehmen und regelmäßig zu Laboruntersuchungen in die Klinik fahren. Als wir unterwegs zu Annas Familie sind, denke ich an die vielen Erfahrungen in dieser Zeit. „Annas Fest" steht auf einem bunten Bild am Hauseingang. Sie bewegt schwungvoll den Kopf, so dass die Haare fliegen, begrüßt uns und lacht.

„Vernetzung"

Ayla Bonacker

Kater Jacques

Den Vorschlag machte Ruth ihm an einem Oktoberabend, als der Regen gegen die Fensterscheiben peitschte. „Hör mal, Leon, es wird Zeit, dass du bei mir einziehst", sagte sie mit ernster Miene. Mit untergeschlagenen Beinen saß sie neben ihm auf dem Sofa und streichelte dabei Jacques, einen korpulenten, schwarzen Kater, eher im Kuschelmodus, der auf ihrem Schoß eingeschlafen war. Leon hielt inne und blickte zuerst auf seinen heißen Irish-Coffee, dann weiter auf die ausgeschreckten Klauen des Katers. Abrupt fiel ihm ein, dass vor tausend Jahren in Europa schwarze Katzen zusammen mit ihren Besitzern verbrannt worden waren. Das Volk glaubte, dass schwarze Katzen trotzig und hinterhältig seien und dass sie sich nachts in Teufel verwandeln würden.

„Ja, warum nicht?", antwortete er und verschränkte die Hände ineinander so, als wolle er beten. In seiner Stimme schwang eine Spur von Angst. Ein paar Monate später machte Leon sich mit einem kleinen Umzugswagen auf den langen Weg von Frankfurt nach Slee Head, dem westlichsten Punkt Irlands, wo die Klippen, einem Collier gleich, aus dem Land hinaus in den Nord-Atlantik ragten.

Ruth öffnete schwungvoll die Tür und kicherte dabei wie eine Filmdiva. Ihr langes, rotes Kleid betonte ihre roten Haare, die sie zu einem Pferdeschwanz gebunden hatte. Ein paar gelöste Strähnen wehten im Wind. Vor der Wendeltreppe in der Eingangshalle nahm Leon Ruth in die Arme und wirbelte sie im Kreis herum. Sogleich setzten sie sich in die Küche und unterhielten sich mit schaumbedeckten Biergläsern in den Händen. Kater Jacques kam in die Nähe von Ruth getrabt, miauend auf Futter hoffend.

„Ach, Jacques, du bist ein Nimmersatt", lachte sie und hob den schwarzen Kater hoch.

Im Bett lagen die drei Seite an Seite.

„Muss das sein, dass Kater Jacques immer zwischen uns schläft?", fragte Leon.

„Nicht ohne meinen Kater!", antwortete sie frech. Eines Nachts gingen die drei ins Bett. Während Ruth sofort einschlief, blieb Leon wach, weil er sich wieder von dem Kater beobachtet fühlte.

„He, Kater, du pelziger Stalker, hältst dich für verdammt clever, wie? Aber du scheißt Dir trotzdem ins Haus." Leon lachte sarkastisch. Er richtete seinen Blick auf Ruth. Sie schlief so schön, ihr üppiger Busen hob und senkte sich. Ihn überkam ein Verlangen, sie unbedingt streicheln zu wollen. Langsam hob er seine rechte Hand und streckte sie nach ihr aus, jedoch attackierte Kater Jacques ihn plötzlich mit einem Biss zwischen seinen Daumen und Zeigefinger, in die weichste Stelle.

„Donnerwetter!" keuchte Leon, und in diesem Moment donnerte es heftig, ein Blitz zuckte im Raum.

„Finger weg, du Idiot!", miaute der Kater — so hörte es sich für Leon zumindest an. Bestürzt von der Situation lutschte Leon an seiner Wunde.

„Du verdammtes Vieh!", fluchte er, packte den Kater fest am Nacken und katapultierte ihn aus dem Schlafzimmer. Da drehte sich Ruth zur Seite.

„Wo ist Jacques?", fragte sie mit schlaftrunkener Stimme. Als Antwort bekam sie von ihm einen langen Kuss. Sie rang nach Luft, und bog ihren Kopf zurück, als Leon ihren Hals zu küssen begann.

„Du musst den Kater hierher ins Bett holen, sofort!", sagte sie, und plötzlich schimmerten Tränen in ihren Augen.

„Jacques! Jacques?", rief sie. Leon versuchte, sie mit einem liebevollen Gurren zu beruhigen:

„Ruhig, ist ja gut, gleich bekommst du deinen Kater, Liebste."

Sie schmiegte sich zurück in die rote Satindecke und schlief wieder ein. Argwöhnisch lauschte Leon in die Stille. Zunächst unentschlossen stieg er aus dem Bett und stolperte am Treppenansatz über einen Ball, der dem Kater gehörte. Fluchend warf er den Ball die Stufen hinunter. Aus dem Dunkeln preschte Kater Jacques hervor und schlang seine Krallen um Leons Beine, so dass dieser mit einem Gejaule die Treppe hinab fiel und dabei mehrmals von der Wand abprallte. Nach einer Weile kam Leon benommen auf die Beine und hörte, wie Jacques mit sonderbarem Ton sagte:

„Ich gebe dir einen Rat, verschwinde aus unserem Leben, Blödmann!"

Er stieß einen Schrei aus, als Jacques in seinen Nacken sprang. Nochmals wurde er angegriffen von den monströsen Klauen, Jacques schlang sich um Leon's linken Fuß und biss in seinen kleinen Zeh. Während er das Tier von seinem Fuß abzuschütteln versuchte, begann der Kater zu fauchen. Leon riss sich Jacques vom Leib, hielt ihn mit zitterndem Arm von sich weg und warf dann das Tier beiseite. Der Kater fing an zu kotzen, das ist der Rhythmus der Technomusik.

„Oh Himmel, was willst du? Was bist du?", fragte er.

„Ich bin dein… Albtraum.", antwortete der Kater mit krächzender Stimme. Leon kapierte allmählich, dass er es mit einem eifersüchtigen, paranoiden Kater zu tun hatte.

„So… Ich möchte, dass du das Haus verlässt, Leon."

„Aber warum denn?"

„Das fragst du noch? Du nervst, Leon! Und dein Rasierwasser stinkt. Du benutzt zu viel von dem Zeug, als würdest du mit dem Parfum deine Männlichkeit betonen wollen. Bei dem Textilexperten roch das Rasierwasser weniger aufdringlich."

„Wovon sprichst du? Was für ein Experte?"

„Einer der Liebhaber von Ruth. Ach ja, richtig. Kemal, der Türke. Er war sonderbar galant, nett zu Ruth, nannte sie immer Aşkım! Meine Liebe! Aber bei mir hat er immer in die Hände geklatscht und ‚hadi, hadi, los, los, weg! Verschwinde!' gerufen. Eines Morgens hatte Ruth auf Kemal gewartet und war so aufgeregt. Sie rief ‚Jacques, Jacques, wo bist du? Ab heute wird Kemal ein Teil unserer Familie sein!' Wild rannte sie ein paar mal die Treppe rauf und runter, und ich ihr hinterher. Sie kramte ein paar Nagellackfläschchen aus der Schublade und malte ihre Fingernägel zuerst rot, entfernte es dann mit Aceton, um sie dann wieder rot zu färben. Es verbreitete sich so ein Gestank, dass ich durch die Katzenklappe ins Freie hinauseilte und dort mit einem Kumpel — dem Kater vom Nachbarhaus, der ohne seine Beute abzulegen, mit einer Fledermaus im Maul — die Frachter auf dem Atlantik beglotzte.

Halleluja! Der Kemal trat gegen Abend in unser Leben, mit einem Hupkonzert. Ich sah, wie der rote Mercedes in die Einfahrt einbog und hörte, wie das Gehupe sich bis in das fernste Klippennareal verbreitete. Der Wagen hielt an, hörte aber mit dem Hupen nicht auf, bis Ruth die Tür öffnete. Er stieg aus, und… was ich sah, das kann ich nicht nachmachen… Mit einem Zahnstocher im Mundwinkel. Das fand ich mega geil. Der Mann hatte sich mächtig in Schale geworfen, Gel verschmierte Haare türmten sich auf seinem Kopf. Er war gutaussehend. ‚Dich zu sehen, tut mir so gut! Kemal, Aşkım!' Ich beeilte mich vor die Treppe und ignorierte ihn. Während ich mein schönes schwarzes Fell behutsam leckte, fragte ich mich: ‚Ist dieses Haargebilde ein Zeichen für seine Potenz oder was?' Als ich von einem Streifzug auf den Klippen wieder zurück nach Hause kam — hollaa!, erwischte ich die beiden, wie sie erschöpft und völlig unbekleidet auf dem Sofa lagen. Im Fernsehen lief eine Satelliten-Sendung aus Deutschland: „Bauer sucht Frau." Ich bekam gerade noch mit, dass der Kerl sich darüber beschwerte, dass meine schwarzen Fellhaare in seinem Kaschmir-

Pullover hängen bleiben und dass mein Maul nach Fisch stinken würde. ‚Ach, ja?‘, sagte Ruth. Peinlich berührt schlich ich hinter das Sofa, raus aus dem Raum, weg von diesem entsetzlichen Schwachkopf. Ich dachte an Rache. Die darauf folgenden Stunden war ich damit beschäftigt, an seinem teuren Kaschmir-Fummel zu zerren, danach pinkelte ich in seine Schuhe.

Oh-oh. Ruth erwischte ihn am nächsten Tag dabei, wie er versuchte, Rattengift in mein Futter zu mischen. Ganz schnell stand er vor der Tür unseres Turmhauses. Vor dir hatte sie schließlich eine Beziehung mit einem Biologieprofessor namens José Perez Lopez aus Puerto Rico. Ich muss gestehen, er hatte einen wunderbaren Hintern.“

„Das geht mich nichts an“, sagte Leon.

„Weil du einen platten Hintern hast.“

„Hör auf!“

„An einem warmen Sommerabend hielt José mit einem Kleintransporter vor unserem Haus, hupte nur zwei Mal und stieg aus, mit einem roten Notizbuch unter dem Arm. Ich wusste nicht, wie die Beziehung laufen würde. Dieser schmächtige Kerl mit der Flötenstimme sollte meine Ruth glücklich machen? Es wurde Bacardi getrunken, er nannte Ruth immer ‚mi amor‘; und dass ich im Bett in der Mitte schlief, machte ihm gar nichts aus. Ich war dankbar für seine Güte.

Schließlich begann er mich doch noch zu nerven. ‚Es wäre das Beste, die Katze aus dem Sack zu lassen‘, sagte er öfter mit sarkastischem Unterton, immer wenn Ruth nicht in der Nähe war. Eines Tages setzte er ein widerlich süßes Lächeln auf und lockte mich ins Badezimmer, indem er Trockenfutter auf den Boden warf. Ich wollte wegrennen, aber José schnappte mich blitzschnell und warf mich in die Badewanne, die mit warmen Wasser gefüllt war. (Ich kann schwimmen.) Dieses Experiment wiederholte er bei jeder Gelegenheit, wenn Ruth nicht zu Hause war. Ab und zu drückte er meinen Kopf tief ins Wasser, aber flink rutschte ich atemlos aus seinen Händen und begann, rückwärts zu schwimmen. Dann übte er Kommandos mit mir: ‚Los, schwimm! Auf den Rücken! Okay Katze, jetzt auf den Bauch! Gut, noch mal so! Sí!' Während ich im Wasser um mein Leben kämpfte, saß der Professor auf dem Toilettendeckel und schrieb in sein rotes Heft. Wie in einem Rausch sprach er zu sich selbst: ‚Es wird hiermit bescheinigt, dass die Angaben für das vorgestellte Tier zutreffen. Forschungsobjekt zeigt: Das Phänomen, der Kater Jacques, der aussieht wie ein Märchenmonster, das gleichgültig ist gegenüber seiner Umwelt, schwimmt wie ein Wasserschwein...' Der Professor maß mit einem Lineal meine Kopfbreite und zählte meine Zähne. ‚Zähne sind gesund', fuhr er fort.

‚Was geht hier vor?' Ruth stand da, stocksteif neben der Badezimmertür, als ich drauf und dran war zu ertrinken. Eine Weile starrte sie ins Wasser und sah mich, wie ich mich mit meinen Pfoten am Badewannenrand festzuhalten versuchte und immer wieder abrutschte. Dann blickte sie auf den zusammengekauerten José. ‚Ruth, Mi Amor, lass' mich erklären...', stammelte er schuldbewusst. Ruth fischte mich aus dem Wasser, wickelte mich in ihren kuscheligen Bademantel und drückte mich mitfühlend an ihre Brust. ‚Es ist wohl besser, du packst deine Koffer', sagte sie eiskalt. Ruth schmiss ihn auf der Stelle raus, und somit hatte die alltägliche Katzenfeindlichkeit ein Ende. Leider dauerte unsere Zweisamkeit nicht so lange. Denn... kurz darauf hatte Ruth einen persischen Liebhaber."

„Schluss jetzt!", zischte Leon. „Hör auf! Du bist ja nicht mehr zu stoppen. Ich muss mit Ruth sprechen." Die Luft zwischen ihm und Kater Jacques schien vor Verlegenheit zu vibrieren. „Hör zu, du musst mir zuhören! Er hieß Behruz. Ja, eines Morgens lief Ruth mit dem üblichen Ritual laut polternd die Wendeltreppe rauf und runter und rief aufgeregt: ‚Kater Jacques, Kater Jacques!' Da wusste ich, dass ein neuer Kerl kommt.

Dann war der Kerl da. Er war ein Kunsthändler, fuhr mit einem roten BMW an einem Samstag im November... um zehn

Uhr morgens… vor das Turmhaus. Er stieg aus, mit einer Pfeife im Mund und einem iPad unter dem Arm. ‚Hay, black cat!‘, begrüßte er mich mit rauchiger Stimme. ‚Der Kater heißt Jacques‘, hörte ich Ruth sagen. Gin Tonic klirrte in Gläsern. Es war toll, dass der Gentleman seine Pfeife vor dem Zubettgehen draußen vor der Tür rauchte. Nachts, wenn wir im Bett lagen, schliefen wir mit dem vertrauten Geruch seines Tabaks ein. Er war galant, höflich und las jeden Wunsch von Ruths Augen ab. ‚Ghorbanat beram, ghorbanat beram, ich sterbe für dich‘, sagte er immer zu ihr durch die Rauchwolke seiner Pfeife hindurch. Dennoch…hmm. Wie soll ich es ausdrücken, er hatte eine sexuelle Obses..sion, er hat meine Ruth fast aufgeknabbert. Sie war besessen von ihm. Wenn Behruz schlief, hörte sich sein Schnarchen an wie geiles Zikaden-Zirpen. Nur deshalb war ich ein Fan von dem Perser. Bis er eines Tages mit einem sonderbaren roten Döschen in der Hand in meine Nähe kam."

„Ich habe jetzt genug Erinnerungen von einer Katze gehört, danke!", unterbrach Leon den Kater. Dass er mit einem Tier redete, schien ihn nicht mehr zu wundern.

„Hey, unterbrich mich nicht, Leon, weiß du, in diesem Augenblick hast du einen Blick wie ein Krimiautor. Hör zu. Eines Abends saßen wir vor dem Fernseher, es lief ‚Wer wird Millionär‘ und ‚ab jetzt wird der Weg steiniger‘, sagte Günter Jauch zu einem Kandidaten. Der Kunsthändler stand auf. Er hatte so ein merkwürdiges, rotes Döschen bei sich. Bevor er es öffnete, rief er ‚Leckerli!‘, und lief im Zimmer auf und ab, mit hoch gestrecktem Arm. ‚Höhöhö! Leckerli! Lecker!‘ Ich glaubte, er hätte eine Überraschung für mich. Ruth rief ‚Hör bitte auf mit dieser Quälerei, Behruz!‘ Vom Herumturnen erschöpft stellte ich mich auf meine Hinterbeine und streckte meine Pfoten hoch zum Döschen, als ich Behruz singen hörte: ‚Schnick schnack, Schau doch mal hin, Kater Jacques!‘

Mir lief der Speichel im Maul zusammen, ich blinzelte ungeduldig in das Döschen, in Erwartung feinster Pasteten in besten Sorten. Aber Peng! Meine Träume zerplatzten, als ich den Inhalt des Döschens sah. Simsalabim! Die Innenseite des Deckels war mit dem Bild einer nackten Frau verziert. Vom Fernsehen hörten wir Günter Jauch schreien: ‚Es war die richtige Antwort!‘

So ein Betrug! ‚Höhöhö!‘, lachte der Kunsthändler, während er Tabak in seine Nasenlöcher verteilte und ihn schnupfte. Ekelhaft! Ich war so sauer, dass ich mich aus Protest Tag und Nacht in meiner Geheimecke verkroch. Ich schlich mich nur um Mitternacht heimlich raus zum Essen und pinkelte auf den Boden, in die Vorhänge und gegen die Blumen auf den Tapeten. Am meisten jedoch konzentrierte ich mich auf Behruzs Kunstsammlungskoffer, Nacht für Nacht. Und so dauerte es nicht lange, bis die Streitereien anfingen und Ruth schließlich Schluss mit ihm machte. Wieder weinte sie: ‚Etwas läuft immer schief mit diesen Männern! Ich habe so ein Pech!‘"

Leon hatte genug gehört.

„Mir ist egal, was du erzählst! Ich liebe Ruth. Weißt du was? Ich werde sie heiraten und viele Kinder zeugen, die dir eines Tages das Leben zur Hölle machen werden!" Jacques Augen verengten sich zu kleinen, leuchtenden grünen Schlitzen.

„Du bist ja so dumm und langweilig. Merk dir eines: Eine Frau kann immer ohne Mann auskommen, aber niemals ohne Katze!" Dieses Mantra wiederholend attackierte Jacques wieder Leons kleinen Zeh.

Leon öffnete seine Augen. Sein Puls raste und er spürte einen stechenden Schmerz in seinem kleinen Zeh. Mit vorgehaltener Hand blinzelte er ins Sonnenlicht, das durch die runden Schlafzimmerfenster auf das Bett flutete. Er sah, dass Jacques und Ruth friedlich neben ihm schliefen und Ruhe und Geborgenheit ausstrahlten. Verwirrt brauchte er etwas Zeit, um sich zu orientieren.

Die Sonne schloss die drei Lebewesen in ihren runden Schein, der Leon wie ein Zauberkreis vorkam. Er bewegte sich, hob die Hand und streckte sie aus nach der schlafenden Ruth.

„Ach, hör doch auf!" schnurrte Kater Jacques.

Reha Horn

Tanz der Schmetterlinge

Und so war es, dass Frau Rumpel ihren geliebten Garten abgeben musste. Lange Zeit ihres Lebens war er ihr Ein und Alles gewesen, doch nun war der Augenblick gekommen loszulassen. Loszulassen, um den womöglich letzten großen Schritt in ihrem alten Leben zu tun. Doch was sollte aus den Vögeln werden? Wer würde sie füttern? Wer ihnen ein Lied vorspielen?

Das Radio, das immer lief, wenn Frau Rumpel im Garten war, bleibt weg. Die jungen Leute, die den Garten übernahmen, waren sicherlich nicht interessiert an ihren Vögeln und an den anderen treuen Besuchern ihres Kleingartens: Zahlreiche Eichhörnchen, Kaninchen, auf die der Kleingartenverein alle Jahre wieder Jagd machte, weil sie den fleißigen Gärtnern die so mühsam gezogenen Salate und anderes Gemüse wegfraßen. Frau Rumpel machte sich daraus nichts. Im Gegenteil, sie freute sich, wenn sie die kleinen, flinken Gäste bewirten konnte. Schließlich konnte sie einfach in den nächsten Supermarkt gehen und sich Obst, Karotten oder wonach ihr auch immer war, einkaufen. Die felligen und gefiederten Freunde konnten das nicht.

Diese Tatsache den anderen Kleingärtnern näherzubringen, hatte sie mehrere Male versucht. Die waren jedoch so sehr verärgert über die niedlichen Diebe und sahen vor lauter akkurat geschnittenen Rasenkanten, Unkrautvernichtungsmitteln und Grünschnitt das Leben nicht mehr.

Wie sehr Frau Rumpel es liebte, wenn der Frühling da war und nicht nur Blumen und Pflanzen aus dem Winterschlaf erwachten. Die Gärten wollten wieder mit der Frühlingssonne und den anderen Kleingärten um die Wette strahlen. Auch die Kleinkriminalität in den Parzellen wucherte wie das stets treu wiederkehrende Unkraut in allen Beeten, Ecken und auf allen Wegen: Dunkle Gestalten huschten mit Schubkarren voller Grünschnittabfälle während der Dämmerung in den benachbarten Wald oder in den nahegelegenen Grüngürtel. Dort wurden dann die lästigen Naturreste in die Büsche oder einfach mitten in den Wald geworfen. Nicht versteckt, nein, so, dass es offensichtlich war, dass hier einer seinen Grünschnitt loswerden wollte und musste. Die im Kleingarten geltenden Gesetze galten hier nicht. So durfte nur kleingeschnittenes Geäst oder sonstiges Grün auf dem Kompost innerhalb der Kleingartenanlage landen, zwecks besserer Zersetzung. Und gerne schielte man mit besorgter Miene auf den Komposthaufen der Nachbarn, um bei passender Gelegenheit die Länge der Schnitte mit anderen Nachbarn zu besprechen.

Frau Rumpel machte sich immer einen Spaß daraus und blieb extra lange in ihrem Gärtchen an besagten Abenden, obwohl es recht frisch war, um das heimliche Treiben zu beobachten. Sie machte sich dann eine große Thermoskanne ihres Lieblingskaffees und setzte sich, wie sie annahm, recht unauffällig unter ihre Pergola. Es war herrlich mitanzusehen, wer alles bei diesem verbotenen Schauspiel mitmachte. Sogar Herr und Frau Fink, die den akkuratesten und gepflegtesten Garten weit und breit hatten, waren schwer zugange. Denn Grünschnitt gab es reichlich, aber der musste auch entsorgt werden. Am Nachmittag dieser Abende nahmen sie ein bis zwei Tütchen Bioabfall, mit dem sie demonstrativ durch die halbe Anlage liefen. Sie riefen jedem freundlich „Einen schönen Abend noch!" zu und stiegen dann in ihr Auto und fuhren weg, um drei Stunden später, wenn es schon fast dunkel war, zurückzukehren. So viele Jahre nun hatte Frau Rumpel dieses Schauspiel genüsslich beobachtet, doch jetzt war es vorbei. Nie wieder würde sie sich über das Doppelleben ihrer Kleingartenkollegen amüsieren.

Weder am Inventar, das sie über die ganzen Jahre, nein Jahrzehnte, mit viel Sorgfalt und Geschick ausgewählt und zusammengestellt hatte, noch an ihrem Radio hatten die Nachpächter Interesse gezeigt. Sie musste einiges entsorgen lassen, doch das Radio, sowie zwei ihrer Weinkelche wollte sie mitnehmen. Ihr Schwiegersohn hatte ihr zwar versprochen, ihr ein neues Radio zu kaufen, wenn sie das „alte Ding", wie er es scherzhaft nannte, wegwerfen würde. Doch das brachte sie nicht übers Herz. Nicht, nachdem es ihr stets treue Dienste erwiesen hatte. So viele Jahre hatte es sie sowohl in freudigen, lustigen, wie auch düsteren und einsamen Momenten begleitet. Es war schon fast wie ein treuer Freund und stand ihr manches Mal näher als ihre eigenen Kinder. Wenn sie sich auf eins verlassen konnte, dann war es ihr Radio.

Nie vergaß sie, dass es ihr einmal vermutlich sogar das Leben gerettet hatte: In jener Nacht war sie in ihrer Laube eingeschlafen. Erschöpft von der ganzen Gartenarbeit, hatte sie sich in ihr geblümtes Sofa fallen lassen und sich ein Glas ihres Lieblingsgetränkes zum Abschluss dieses heißen Sommertages gegönnt. Sie liebte es, den Holundersirup mit kaltem Mineralwasser und einem Spritzer frisch geschnittener Zitrone aus dem Garten aufzufüllen. Den Holundersirup hatte sie in Gemeinschaftsarbeit mit ihrer Freundin Lily zubereitet; denn der Holunder stand in ihrem Garten.

Es waren die wunderbaren Blüten des „verbotenen Baumes", wie der Baum von den Kleingärtnern genannt wurde. Verboten, weil der neue Vorstand beschlossen hatte und es somit die Kleingartenverordnung besagte, dass Holunderbäume in der Kleingartenanlage nicht erlaubt und somit zu entfernen seien. Egal wie alt und groß diese schon waren und wie viele wunderbare Säfte sie beschert hatten. Doch zum Glück hatte sich noch keiner an den Baum gewagt, der Frau Rumpels Vögeln im Winter Nahrung bot.

Nachdem sie sich den Rest aus ihrem Glaskelch in ihren Mund hatte tropfen lassen, hatte sie das Glas auf das Beistelltischchen gestellt und war sofort in einen tiefen Schlaf gefallen. Das Radio, ihr treuer Begleiter, sang sie dabei im einen chaotischen Traum.

In ihrem Traum kämpfte sie gegen riesige Spinnennetze, die sich um ihre geliebten Hortensienblüten gewickelt hatten, bis sie kaum noch ein Blatt sehen konnte. Sie entfernte einen Faden, doch er löste sich auf und es bildete sich sofort ein neuer. Sie träumte oft vom Garten, wenn sie wieder einmal besonders lange in der Sonne gearbeitet und die Hitze ignoriert hatte. Plötzlich schrak sie aus ihrem unruhigen Schlaf auf, denn ein lauter Knall draußen hatte sie unsanft zurück in ihre Gartenlaube geholt. Sie sprang auf und lief zum Fenster. Sie hörte Stimmen und eilige Schritte entfernten sich über dem Kiesweg. Jemand war in ihre Parzelle eingedrungen und hatte es sich dann wohl doch anders überlegt. Ihr Herz klopfte laut bis zum Hals. Ihr Traum hatte sie schon mitgenommen, doch diese Geräusche hatten sie direkt in einen Albtraum befördert. Als sie sich wieder auf ihr Sofa gesetzt hatte, merkte sie, dass ihr Radio noch laut lief. Sie beruhigte sich langsam und atmete bewusst tief ein und aus und versuchte, sich auf die Töne aus dem Radio zu konzentrieren.

Mittlerweile spielte keine Musik, sondern es lief ein Krimi-Hörspiel. Laute Männerstimmen, die miteinander stritten. Womöglich hatte das die Einbrecher verjagt, vermutete sie.

Am nächsten Tag hatte sie erfahren, dass es mehrere Einbrüche in den Gartenlauben gegeben hatte. Als sie ihren Kindern von dem Vorfall erzählt hatte, hatten diese nur mit ihr geschimpft, wieso sie sich so viel alleine im Garten aufhielte.

Nun war es auch damit vorbei, und Frau Rumpel bezog womöglich mit dem Einzug in das Seniorenheim, das sie sich nach langem Überlegen und auf Drängen ihrer Kinder ausgesucht hatte, ihre letzte Wohnstätte. Der Auszug aus ihrer Wohnung hatte sie nicht so sehr geschmerzt wie das Abgeben ihres geliebten Gartens. Es hatte sie innerlich zerrissen. Sie fühlte sich, als würde sie einen Teil von sich für immer dort lassen müssen, und die Ungewissheit, wie die Nachpächter damit umgingen, machte sie noch unruhiger. Doch eine andere Ungewissheit nagte auch an ihr: Was erwartete sie in dem Seniorenheim?

Sie hatte darauf bestanden, ohne Begleitung ihrer Kinder den Weg in ihre wohl letzte Bleibe zu machen. Als sie aus dem Taxi stieg, hatte sie nur eine Tasche und ihr Radio in der Hand. Der Rest ihrer Sachen würde mit einem Transporter gebracht werden. Sie lief den grau asphaltierten Weg hoch bis zu einem Schild, das auf den Eingang des Hauses wies.

Es war ein großes, hellblaues und rundlich gebautes Gebäude. Es sah nicht so unfreundlich aus, wie Frau Rumpel es in Erinnerung hatte. Sie ging zum Eingang mit den gläsernen, automatischen Schiebetüren. Ihr stockte nun fast der Atem und sie spürte ihren Puls rasen. Sie hatte Angst ohnmächtig zu werden, obwohl ihr das noch nie passiert war. Da kam ihr eine freundlich grüßende junge Frau entgegen: „Guten Tag! Kann ich Ihnen helfen?" Frau Rumpel wusste nicht, was sie antworten sollte und blickte nervös um sich. Vermutlich wirkte sie furchtbar verwirrt. Sie atmete tief ein, hielt die Luft an, zählte bis sieben und stieß die Luft langsam wieder aus. Dann sagte sie: „Guten Tag, mein Name ist Rumpel und ich habe hier ein Zimmer gebucht." Die Frau lachte und fragte, ob sie ihr beim Tragen helfen sollte. Frau Rumpel lehnte dankend ab und versteckte ihr Radio hinter ihrem Bein.

„Kommen Sie mit. Ich werde nachschauen, wo wir hinmüssen." Hatte sie wirklich „wir" gesagt, fragte sich Frau Rumpel. Sie ärgerte sich und fühlte sich bevormundet.

„Nehmen Sie doch bitte im Foyer Platz, ich bringe Sie gleich weiter!", sagte die junge Frau.

Frau Rumpel nickte stumm und setzte sich auf einen Sessel in der Nähe des Empfangs. Sie schaute sich um und sah einige Menschen, die in ihrem Alter oder älter waren. Einige wirkten ganz munter und fit und andere gingen an Gehstöcken, an Rollatoren oder saßen im Rollstuhl. Das war nun ihr Zuhause und das waren ihre Nachbarn. Keine Eichhörnchen, Schmetterlinge, Kaninchen und Vögel mehr. Die Angst ergriff sie wieder und dieses Mal mischte sich etwas Verzweiflung in das mächtige Gefühl. Sie stand ruckartig auf und da kam ihr auch schon die Frau, die sie empfangen hatte, entgegen.

„Frau Rumpel, wir können hochgehen. Ihre Wohnung befindet sich im 2. Stock."

Sie lächelte Frau Rumpel aufmunternd zu und lief in Richtung eines Aufzuges. Frau Rumpel trottete ihr hinterher, ohne nach rechts und links zu blicken. Sie wollte am liebsten niemanden mehr sehen und schon gar nicht ihre neuen Mitbewohner. Sie umklammerte ihre Tasche und ihr Radio so fest, dass ihre Finger bereits schmerzten. Im Aufzug angelangt fühlte sie sich völlig erschöpft und ihre Beine waren schwer wie Blei. „Geht es Ihnen gut?", fragte die junge Frau und legte ihr eine Hand sanft auf den Oberarm. Frau Rumpel zuckte zurück, schüttelte ihren Kopf und antwortete barsch: „Ja, es geht mir sehr gut!" Endlich waren sie auf der zweiten Etage angekommen und der Aufzug hielt. Erst stieg die Frau aus und dann Frau Rumpel. Sie folgte ihr einen langen Flur entlang. Überall waren Sitzgelegenheiten und hier und da standen ein paar Blümchen auf den Beistelltischchen und auf den Fensterbänken im Gang. Wenigstens war es hell, und offensichtlich gab man sich hier Mühe, dass es nicht ganz leblos wirkte.

Die junge Frau blieb an einer Tür stehen und zeigte auf das Schild nebendran. Es war ein gelber flatternder Schmetterling aufgedruckt. „Das ist die Schmetterling-Wohnung", sagte sie freundlich lächelnd. Frau Rumpel starrte auf das Schild und wusste nicht, ob sie sich freuen oder ärgern sollte. Sie beschloss einfach nichts zu denken und schwieg. Die Frau schloss die Türe auf und öffnete sie nach innen.

„Hier ist es. Herzlich willkommen! Das ist Ihr Reich." Frau Rumpel blickte in einen kleinen Vorraum, und sie traten beide ein.

„Möchten Sie allein sein oder soll ich Ihnen kurz alles zeigen?" fragte die Frau.

„Nein, bitte lassen Sie mich alleine", antwortete Frau Rumpel. Die junge Frau nickte und sagte noch: „Um 15 Uhr 30 gibt es Kaffee und Kuchen unten im blauen Saal. Fragen Sie einfach danach."

„Ist gut", erwiderte Frau Rumpel und drehte sich weg. Sie wollte nur allein sein. Sie ging paar Schritte weiter in den Raum hinein und stellte ihre Tasche und ihr Radio auf dem Boden ab. Das Zimmer war hell und sauber und nicht so klein, wie sie es sich vorgestellt hatte. Bei der Besichtigung damals hatte man ihr ein anderes Zimmer gezeigt.

Doch was war das? Eine Balkontür in ihrem Zimmer. Sie lief hin und sah, dass ein mittelgroßer Balkon sich ihr anschloss. Frau Rumpel war plötzlich ganz aufgeregt und trat auf den Balkon hinaus. Sie sog gierig die frische Luft ein und blickte hinaus. Hier kann ich es mir doch auch ganz gemütlich machen, dachte sie sich. Sie ging hinein, holte einen Stuhl, ging wieder rein, holte ihr Radio und setzte sich schließlich mit ihrem Radio im Schoß auf den Stuhl.

Sie schaltete ihr Radio an und schon hörte sie ihren Lieblingssender und es trällerte: „Immer wieder kommt ein neuer Frühling…" Auf ihr Radio war eben Verlass.

Zum ersten Mal an diesem Tag entspannte sie sich etwas und lächelte leise vor sich hin. Da setzte sich ein kleiner Spatz auf ihr Balkongeländer und blickte sie neugierig an. Frau Rumpel begrüßte ihren Besucher: „Na, mein Kleines. Hast du Hunger?"

„Spuren"

Nadja Bauernfeind

Vulkanasche

Im Dezember vor drei Jahren bin ich allein auf eine verbrannte Insel im Atlantik geflogen, habe mich an den Strand gesetzt, das breite Glitzern auf der Meeresoberfläche beobachtet, dem Murmeln des Wassers gelauscht und war glücklich. Grenzenlosigkeit. Licht. Wärme. Freiheit. Der Schmerz über eine unerfüllt gebliebene Liebe verzog sich im Angesicht des Meeres, verzog sich wie ein fluffiges Wölkchen am strahlend blauen Himmel. Das palastartig angelegte Hotel direkt am Strand hatte diese marmorne zugige weite Halle mit ausladenden Treppen. Dort, wo man hinausging zum Pool und dem Strand, gab es eine Bar, die nachmittags öffnete. Die Kellner kamen aus Europa und Nordafrika, beherrschten viele Sprachen und waren von einer herzerwärmenden Freundlichkeit. Am liebsten hätte ich die hiesige Landessprache erlernt, wenigstens ein paar Brocken. Ich machte mir das Personal zum Verbündeten, damit ich mir nicht vorkommen musste wie die einzige Singlefrau im ganzen großen Hotel. Außer mir gab es eigentlich nur Familien oder Paare jeden Alters.

Abends saß ich an der Bar und er schräg gegenüber. Ich nahm wenig Notiz von ihm, während er auf ein Paar einzureden schien und ich höchstens überlegte, ob der Mann zuhause einsam sei. Er wirkte weder attraktiv, noch hässlich, am ehesten unscheinbar. Ich wäre jedenfalls nie auf die Idee gekommen, ihn begehrenswert zu finden oder auch nur mich hingezogen zu fühlen. Vielleicht interessierte er mich nicht, weil er ältlich aussah, viele Falten und Krähenfüße um die Augen hatte und so schmal war, dass er im wahrsten Sinne des Wortes kaum ins Gewicht fiel. Später sollten mich sein helles Gesicht mit den feinen Zügen und den leicht eingefallenen Wangen, der blanke Schädel, der ihm gut stand, und die sommersprossige Haut faszinieren.

Und noch später sollte ich dieses Interesse wieder wegen des Engländers ausgeprägter Selbstliebe verlieren.

Nachdem er sich wie unbeabsichtigt und ohne zu fragen, ob es mir recht sei, zu mir an die Bar gestellt hatte und seinen Rotwein runterkippte, fiel mir nebenbei auf, dass er ungewöhnlich hellblaue Augen hatte und dass sie tendenziell kalt wirkten. Von Zeit zu Zeit riss er sein Kinn etwas abrupt in die Höhe, während sich seine Nasenflügel beim Atmen blähten. Jedenfalls brachte er mich zum Lachen, wahrscheinlich handelte es sich um den typisch englischen Humor. Er wirkte belesen, kultiviert und eloquent. Wir sprachen über Musik, was mit einem Engländer nicht verwunderlich ist. Er sagte, er liebe Beethoven, und ich hörte zum ersten Mal vom Glastonbury Musikfestival, wo die ganzen Popgrößen auftraten, bevor sie berühmt wurden, wie zum Beispiel Adele. Gerne hielt er lange geschichtliche Vorträge, vielleicht über George the Fifth und George the Sixth, und er dachte genau darüber nach, welcher George es nun war, the Fifth oder the Sixth. Er dozierte über die Normannen, die Kelten und die Angelsachsen, unserer beider Vorfahren, und darüber, wie diese Stämme in alter Zeit zusammenkamen und sich schließlich wieder trennten. Menschheitsgeschichte ist auf jeden Fall ungemein spannend, schließlich geht es um unsere Wurzeln. Wir kamen auf ‚Dinner for One‘ zu sprechen, was die Deutschen bekanntlich, nach Jahrzehnten, noch immer lieben und was sie stets an Silvester – immer wieder auf verschiedenen Fernsehkanälen - in schallende Begeisterung versetzt und in nimmer enden wollende Lachanfälle ausbrechen lässt. Es stellte sich heraus, dass das die Engländer nicht taten und meine Barbekanntschaft das auch gar nicht nachvollziehen konnte. Natürlich kannte er Freddie Frimpton, den Darsteller von Miss Sophies Butler, den, der alles, alles von fünf nicht mehr vorhandenen Besuchern austrinken musste, und er bemerkte, dass Frimpton schon länger tot sei als er gelebt habe, und führte aus, dass er wohl oft und gerne betrunken war, oder versuchte zu spielen, dass er betrunken sei oder umgekehrt, was mich zu einem langen Lachen brachte. Mir fiel das Hemd des Engländers auf: es war klein kariert, weiß-blau-rot und hatte sehr akkurate und recht scharfe Bügelkanten an den Ärmeln. Ich glaube, so was lässt auf Pedanterie schließen und erinnert mich daran, dass in den Händen eines Pedanten ein verletztes Tier sterben kann.

Ein paar Tage später wollte ich mittags an den Strand und traf auf meinem Weg den Engländer am Hotelpool. Er sprach mich an, sagte, er dachte schon, ich sei abgereist. Dann ließ er sich lebhaft und humorvoll über das Wetter aus, über die Wolkenschleier vor der Sonne, über kompaktere Arten von Wolken vor der Sonne, über die verschiedenen Windrichtungen und darüber, dass er versuche, die Wolken weg zu meditieren. Ich musste wieder lachen, hatte aber das Bedürfnis, ihn stehenzulassen, sehnte mich nach dem Strand, rauf auf meine Liege, aufs Meer zu schauen und meinen Roman zu lesen. Aber er hörte gar nicht mehr auf, über die Sonne, die Wolken und die Windrichtungen zu reden.

Wenige Tage später sah ich ihn am Wasser entlang laufen. Ich hoffte, er würde mich nicht entdecken. Mir fiel sein leicht gekrümmter oberer Rücken auf und sein Gesicht wirkte verkniffen. Ich weiß noch, wie ich mich fragte, ob er als Kind oder junger Mann geschlagen worden und ob er ein gebrochener Mensch sei.

Die Insel wurde auch „Insel der Katzen" genannt. Die wilden und schönen Geschöpfe konnte man überall beobachten. In den Hotels, auf der Strandpromenade oder in der Nähe der kleinen Strandkioske und Cafés dösten sie auf den von der Sonne erwärmten Steinen. Sie wurden von Touristen, Hotelpersonal und Tierschützern versorgt. In der Hotelhalle lungerten des Nachts auch immer ein paar herum, immer dieselben. Eines Abends, als ich durch die schon stille, dunkle Halle auf mein Zimmer gehen wollte, kam ein schwarzweißes Kätzchen, das sich gerade noch verschlafen im Sessel herumgefläzt hatte, direkt auf mich zu und fing an, mir schnurrend und unaufhörlich um die Füße zu streichen. Vorsichtig streichelte ich es eine Zeitlang und fand es luxuriös, dieses zarte Fell zwischen meinen Fingern zu fühlen. Völlig unerwartet und blitzschnell ging die Katze auf Angriff und hackte mir ihre kleinen spitzen Zähne in meinen Handrücken. Als ich meine Hand erschrocken wegriss, konnte ich tiefe, rote Bisswunden sehen. Ich war fassungslos, obwohl ich weiß, wie launisch und link Katzen sein können. Beunruhigt überlegte ich, ob ich zur Inselklinik hier ganz in der Nähe gehen sollte, ich wusste nicht, ob ich eine Tetanus-Spritze oder gar Tollwutinjektionen brauchte. Überall auf der Insel gab es Schilder mit der Aufschrift ‚Doctor / Arzt - Klinik für Deutsche und Engländer'". Aber ich dachte, es sei jetzt zu spät, und ließ es darauf ankommen.

Mein Urlaub neigte sich dem Ende zu, und ich war noch nicht auf dem „ Hausvulkan" gewesen. Der Engländer hatte dasselbe vor und so verabredeten wir uns spontan für einen gemeinsamen Ausflug am nächsten Vormittag. Der Anstieg über lockeres Geröll und unsere Gespräche waren vergnüglich und unbeschwert. Vielleicht war es der afrikanische Wind mitten im kontinentalen Winter, der strahlende Himmel und die Wärme im Dezember, dass ich die Gesellschaft des Engländers und seine Laune als luftig leicht empfand. Wir redeten über Filme, Klassiker der Filmgeschichte wie Hitchcocks „Die Vögel". Ich habe noch immer nicht begriffen, was sich hinter den Angriffen der normalerweise friedliebenden und harmlosen Vogelschwärme eigentlich verbirgt. Sollten sie zu tun haben mit der kühlen Hitchcock-Blondine, die selbstbewusst und stark diesem fremden Mann nachreist, der ihr gefällt? Vielleicht geht es auch nur um den Thrill, den Horroreffekt. Dieser alte Film hat sich ins kollektive Gedächtnis eingebrannt, sodass man fast jedes Mal, wenn man eine Krähe entdeckt, an diesen Streifen erinnert wird. Wir sprachen über diese bedrohliche Szene auf dem Kinderspielplatz, auf dem die Blondine Zigarette rauchend wartet. Erst saßen auf dem Klettergerüst drei, vier Krähen, nach wenigen Kameraschnitten - in den Szenen fiel kein Wort - war es plötzlich ein Haufen dicht aneinander gedrängter, leise flatternder und manchmal krächzender Vögel, wie ein riesiger Schatten.

Oben am Rande des stillen und mit Moos bewachsenen Kraters angekommen - wir hatten einen Panoramablick über einen Teil der Insel und über das schimmernde Meer, der Wind wehte kräftig und frisch -, nahm er unerwartet meine Hand und legte sie auf seinen Herzschrittmacher bzw. die Batterie - wie bizarr - und ich erschrak über dieses harte, metallene Teil unter seiner Haut. Es hatte die Form und Dicke einer ziemlich großen Münze. Er erzählte von einer aufwendigen Herzoperation einige Jahre zuvor. Jemand muss taff sein, um so was zu bewältigen. Er hatte auch eine künstliche Herzkammer. Vor dieser Operation sei er über lange Zeit immer zum Tauchen auf die Malediven gereist, nach dem Eingriff sei das nicht mehr möglich gewesen. Tauchen ist ein Sport für Urlauber, dachte ich bei mir. Er wäre gerne mit mir am Krater entlang gelaufen, ich wollte zurück ins Hotel, um mit Packen anzufangen. Im Krater war dürres Grün gewachsen und Menschen hatten dort mit Steinen Wörter gebildet. Auf dem Rückweg machten wir Rast an einem naturbelassenen einsamen Strand mit hohen Palmen am Rand. Er gab mir eine verschrumpelte Mandarine, die er vom Frühstücksbuffet mitgenommen hatte. Er wollte schwimmen und ich sollte zuschauen. Der Atlantik war zum Baden zu kalt für mich. Wir liefen weiter am Meer entlang und er kommentierte etwas abfällig die zahllosen Touristen, die schon relativ früh am Tag in den zahllosen Restaurants vor ihren genauso zahllosen Bieren und ihren Pizzen saßen.

Gemeinsam aßen wir in dem umtriebigen, großen Saal des Hotels zu Abend. Der kräftige Wind auf dem Vulkan hatte mir die Sonne ins Gesicht geweht und ich war dunkelbraun geworden.

Später saßen wir an der bereits ruhiger gewordenen Hotelbar, ich trank mit Hingabe meinen exotischen Cocktail und dachte an gar nichts, ich dachte auch nicht darüber nach, ob ich den Engländer je wieder sehen würde. Es ist beflügelnd, nichts zu wollen, mir fällt dazu Kants Bezeichnung des „interesselosen Wohlgefallens" ein. Es fühlte sich immer noch leicht und unverfänglich an. Später fragte er mich, - ich bemerkte wie schwer ihm diese Frage fiel, seine Stimme flatterte und er war kurzatmig -, ob ich meine letzte Nacht nicht bei ihm in seinem Zimmer verbringen wolle, er habe noch ein zweites Bett und würde mich morgen früh rechtzeitig wecken, so dass ich meinen Transfer-Bus erreichen würde. Er wusste, dass ich ein ausgesprochener Morgenmuffel bin. Da war es...das Ende der Unschuld sozusagen. Ich wurde still und dachte nach, zehn Minuten lang. Ich war nicht verliebt, er war nicht mein Typ und ich war bis jetzt nicht die Frau für einen one-night-stand...schon gar nicht im Urlaub. Schließlich dachte ich, was soll′s und sagte Ja. Ich wollte mir etwas Zärtlichkeit gönnen. Plötzlich hatte er es eilig und ich sagte „mach mal langsam, guter Mann", denn ich hatte es nicht eilig.

Urplötzlich stürzte eine Erinnerung über mich herein. Ich dachte an einen Urlaub vor zwei, drei Jahren auf einer anderen spanischen Insel, ich erinnerte mich glasklar an diesen entsetzlichen, unerklärlichen Anblick: wenige Tage nach meiner Ankunft an einem zauberhaften Ort am Meer traf ich, als ich zum Strand wollte, auf eine aufgeregte Menge Menschen. Manche riefen und gestikulierten laut, manche standen stumm, wie erstarrt. Im Wasser verteilten sich blutrote Schlieren und einige dunkle leblose Körper lagen dicht am Meeressaum. Als ich näher kam, erschreckte ich mich zu Tode, denn ich erkannte, dass es sich um Delphinkadaver handelte. Es war beinahe ein Dutzend, größere und kleinere, ältere und jüngere Tiere. Teilweise quollen ihnen ihre Eingeweide aus den aufgeschlitzten Bäuchen. Mich beschlich ein kalter Schrecken, dem ein oder anderen Wesen zuckte noch schwach die Schwanzflosse. An einem kleinen Hafen in der Nähe konnten Touristen zweistündige Ausflüge auf Schiffkuttern unternehmen, um die Delphine zu beobachten, weit draußen auf der offenen See. Die Hotelgäste waren zutiefst verstört und keiner konnte sich erklären, was mit diesen friedfertigen, fröhlichen und unschuldigen Kreaturen passiert war. Das Unwirkliche und Blutrünstige der Bilder hing uns nach. Wenige Stunden später waren die verbluteten Leiber nicht mehr zu sehen. Die Gäste wollten wissen, wer oder was dieses Massaker verursacht hatte und warum. Es schien, als würden Erklärungen und Informationen bewusst zurück gehalten. Der Urlaubsbetrieb sollte nicht weiter gestört werden. Unsere Fragen blieben beklemmend, bedrängend und unbeantwortet.

Schließlich schlingerte ich mit meinem Bewusstsein zurück an den Ort, an dem ich mich befand, zurück zum Engländer: Es war eine laue Sommernacht. Am weiten, schwarzen Himmel hingen ein paar flimmernde Sterne. Wir standen mit einem Bier aus seiner Minibar auf seinem Balkon. Ich fragte ihn nach seinen Eltern. Er beschrieb eine liebevolle Mutter, eine enge Vertraute, die gut für ihn gesorgt und ihn unterstützt habe. Er war das älteste von drei Kindern, er hatte noch einen etwas jüngeren Bruder und eine erheblich jüngere Schwester, ein Nachkömmling. Auf meine weiteren Fragen deutete er an, dass sein strenger und autoritärer Vater ihn auch geschlagen habe, wenn er es für nötig hielt, vielleicht wenn er nachts zu spät nach Hause kam. Mir fiel sein gekrümmter Rücken wieder ein und ich spekulierte, ob sein Vater ihm vielleicht buchstäblich sein Rückgrat gebrochen habe. Beide Eltern seien früh gestorben, der Vater mit Mitte fünfzig, die Mutter einige Jahre später. Er glaubte, etwas Starkes sei zwischen ihnen gewesen, so dass sie ihrem

Mann etwas später gefolgt sei, weil sie ihn vermisste. Irgendwann einmal erzählte er mir, dass sie eine Waise war und im Haushalt bei einer älteren Dame aufgewachsen. Das klang wie aus einem Dickens-Roman... Später in der Nacht legte ich mich zu ihm in eines der beiden großen Betten, ich spürte seine mich vorsichtig berührenden Hände und das gefiel mir. Ich dachte, dass dieser fremde Mann gute Hände hatte. Ich staunte über die feinen, trainierten Gliedmaße, seinen Oberkörper und die silbernen Haare auf der braungebrannten Haut. Ich dagegen war am Ende meines Urlaubs noch immer butterfarben und er sagte in dieser Nacht, dass es mir wohl nicht so wichtig sei. Später würde er seine Meinung ändern... Ich mochte seine feinen Glieder, ohne zu wissen, wie eingebildet er ihretwegen war. Und ich mochte seine Haut, die sich anfühlte wie Marzipan... und ich entdeckte seine hellen Wimpern, es sah aus, als habe sich der Sand oder das Sonnenlicht dazwischen verfangen.

Er ließ mich wissen, dass er „horny" sei und „that he would like to make love to me", ich antwortete, „I don't want to cause I don't know you". Die Nacht war kurz, eine frühe grelle Morgensonne schien erbarmungslos in ein schon überhitztes Zimmer. Ich hörte, wie er sich emsig wie ein Bieber im Bett neben mir bewegte, und hoffte, er würde mich in den Arm nehmen. Mir war schwindelig und ich war bleiern vor Müdigkeit. Endlich erhob ich mich mit zerzaustem Haar und kleinen verschlafenen Augen. Benommen zog ich mich an und suchte meine Zimmertürkarte, durchwühlte lange sämtliche Hosen- und Jackentaschen, bis ich sie fand. Er stand dabei und versuchte zu helfen. Ich ging und als ich die Tür seines Zimmers hinter mir ins Schloss fallen hörte, dachte ich „vergiss es!". Ich packte und anschließend ging ich frühstücken. Unverhofft entdeckte ich ihn an einem kleinen Tisch. Er lächelte mich an. Ich setzte mich zu ihm, aß ein paar Happen und sagte nicht viel. "I can still feel your energy", sagte er zu mir und es klang schön.

Ich hatte noch zwei Stunden Zeit, bis mein Bus kam und er erklärte, "so... I will spend the next couple of hours with you until your transfer will pick you up." Wir spazierten mein letztes Mal raus an den Strand, liefen ein Stück auf der erhöhten Uferpromenade entlang. Er machte eine Bemerkung, dass er die Menschen und Gegebenheiten gerne von oben und aus der Distanz betrachte (ich fühlte mich verlegen und er sich überlegen), so als sei das sein natürlicher Aufenthaltsort und die ihm angemessene Haltung. Wir setzten uns auf eine Mauer am Parkplatz des Hotels, ich konnte die Sonnenwärme, die sein Körper gespeichert hatte, fühlen, wir berührten uns manchmal und sogen den nächtlichen, geheimnisvollen Duft des anderen ein, vorsichtig distanziert und nah in einem.

Wir verabredeten uns für seinen Besuch zu meiner nächsten Vernissage im Februar. Ich sagte ihm, dass ich schon immer mal nach Südengland reisen wollte, und er schlug vor, zu skypen. Der Abschied machte mich nicht traurig. Im Bus schaute ich aus dem Fenster und ließ die mich beruhigende dunkle, karge Landschaft, die schwarzen erloschenen Krater und den weiten hellen Himmel an mir vorüberziehen - und immer wieder den Anblick des schäumenden Meeressaums. Es war, als würde ich schweben. Die Heimreise war unwirklich, genau wie die Landung im dunklen kalten Deutschland, kurz vor Weihnachten.

Ich hatte keine Ahnung...: ich würde ihn vermissen, ich würde auf eine Nachricht von ihm warten, ich würde am Flughafen auf ihn warten mit erröteten Wangen, ich würde an ihn denken, den ganzen Tag, die ganze Nacht und er würde ein wunderbarer, der beste Liebhaber sein und ich würde unbedingt glücklich sein wollen und blind.

An Weihnachten und Sylvester hoffte ich auf Grüße. Anfang Januar, zu der Zeit, als David Bowie starb, kam er mich das erste Mal besuchen. Wir hielten uns gierig. Ich atmete und sog ihn ein, seinen Duft, seinen Speichel, seinen Samen. Wir wurden nicht satt aneinander. Gemeinsam erlebten wir den Frühling. Meine Seele tauchte wieder auf aus brackigen Gewässern. Die Tage waren unglaublich hell und strahlend. Mein Herz war erfüllt und überschäumend. Ich hing am Glück wie ein Maikäfer an einem Grashalm auf der großen summenden Sommerwiese. Regelmäßig packte ich aufgeregt die Koffer, fuhr mit der S-Bahn zum Flughafen, ließ mich abwechselnd vom Wasser und den Wolken davontragen. Ich hatte immer das Brummen der Flugzeugmotoren in den Ohren. Es war wie ein Rausch. Oder ich fuhr zum Flughafen, um ihn abzuholen, starrte auf die Ankunftspläne London Heathrow - Frankfurt, ob seine Maschine noch „im Anflug" oder bereits „gelandet" sei oder schon mit „Gepäckausgabe" beschäftigt, dann zersprang mir fast der Brustkorb.

Wenn wir in der S-Bahn zu mir nachhause fuhren, hatte ich das Gefühl, dass genau der „Richtige" neben mir sitzt, ich wollte niemand anderen, der dort mit mir fährt, und alleine wollte ich auch nie mehr gehen, denn das hatte ich lange genug getan. Und ich liebte es, wie unendlich vorsichtig er sich annäherte, ihn in mir zu halten und wie er sich kaum in mir bewegte. Ich mochte, wie er mich fühlte und füllte. Ich dachte, dass sein Gesicht, das ich portraitierte, zugleich sensitiv und streng, hart und fein in einem sei. An den Abreisetagen war er oftmals distanziert und ignorant. Ich bemerkte, während ich neben ihm saß, wie er junge Frauen ansah, insbesondere schien er Kellnerinnen anziehend zu finden. Er fühlte sich bestätigt, wenn sie ihn anlächelten, und spreizte sich, so wie ein Pfau sein Rad schlägt. Ich weiß nicht, wieso er mir davon erzählte: er war fasziniert von Frauen mit ginger-farbenen Haaren, ich bin blond, außerdem zwei bis drei Kilo zu dick nach seinen Angaben. Selbstredend fühlte er sich zu meinen zahlreichen attraktiven drei Kilo schlankeren Freundinnen hingezogen. So sammelten sich die Verletzungen in meiner Seele an, nachdem ich erst einen Schatz romantischer klangvoller Liebesbezeugungen zusammengetragen hatte.

Zuhause ging er fünf Mal die Woche schwimmen, immer zur selben Zeit in zwei verschiedene Schwimmhallen. Er betrieb ausgiebig und begeistert Körperpflege und sprang beim ersten Sonnenstrahl aus seinen Klamotten, um sich auf die Liege zu legen. Ich beobachtete irritiert, wie er sich vorm Spiegelschrank betrachtete, bevor wir ausgingen - ausgiebig und wohlwollend. Erst sein Gesicht, den kahlen Schädel, dann ob Hemd, Hose, Gürtel und Schuhe akkurat saßen und schließlich seine kleine Beule in der Hose.

Von Zeit zu Zeit flatterten mir die großen weißen Möwen von den weiten leuchtenden Stränden Südenglands durch den Kopf und meine Erinnerungen. Monumentale kräftige Vögel mit gelben Augen, kaltstarrend, wie psychotisch. Ihre schweren Leiber wirkten so behäbig auf mich, wenn sie auf ihren riesigen Krallen im Sand und auf den Ufermauern standen. Meistens jagten sie dahin, hoch über unseren Köpfen, bereit, sich auf die zahlreichen Spaziergänger am Strand und in den belebten Küstenörtchen zu stürzen, sobald vielversprechend eine Tüte mit „pastry" raschelte. Dabei stießen sie schrille Schreie aus. Diese toten Augen verfolgen mich bis in meine Träume bei Tag und Nacht noch heute.

Er war ein schon in die Jahre gekommener Mann, der sich gerne als speziell gutaussehend und schlank sah, als gelassen, cool und intellektuell angesehen werden wollte, den anderen überlegen. Gesund zu kochen traute er nur sich selbst zu und war sehr stolz darauf. Dabei schmeckte mir sein Essen fad, langweilig und wässrig, völlig dem gängigen Klischee der Kochkunst der Engländer entsprechend. (Das sagte ich ihm aber nicht, im Gegenteil...) Er war sehr geordnet, perfekt organisiert, stets der Herr im eigenen Haus. Sein Garten und dieses Häuschen waren reinlich gepflegt, in einer typisch englischen Straße, in der sich ein kleines, gemütliches Eigenheim an das nächste reihte, spießig idyllisch. Der Zaun um den Garten war hoch und geschlossen, keiner der Nachbarn hatte Einblick. Er mähte gern Rasen und beschnitt die Blumensträucher, er hatte hübsche Blüten gezogen, Honeysuckle zum Beispiel und Passionsblüten. Vorm Haus wuchs ein duftender orangeroter Rosenstrauch mit schweren vollen Blüten. Jeden Morgen kam ihn eine wunderschöne edle Katze aus der Nachbarschaft besuchen, eine norwegische Waldkatze, mit langem getigerten Fell, solch eine hatte ich vorher noch nie gesehen. Sie blieb fast den ganzen Tag bei ihm und ließ sich von ihm füttern. Sie wirkte sehr ausgeglichen und entspannt. Er sprach mit dieser Katze und es klang liebevoll und zärtlich. Es schien, als nähme sie einen wichtigen Platz in seinem Leben ein, aber er wollte sie nicht ermutigen, je bei ihm zu übernachten. Im Haus fand ich nichts Überflüssiges, Persönliches, keine Bücher, er bewahrte höchstens britische Vogel- und Florabildbände auf, in einer Kiste ein paar Fotos von sich und seiner Familie. Immerhin hatte er divingtickets angepinnt und - akkurat aufgestellt in einem kleinen Regal - hatte er die Eintrittskarten für die Museen und die Opern, die wir gemeinsam besucht hatten, gesammelt. Ein paar Wechselrahmen mit Fotos aus seinen Urlauben hingen in einem Durchgangsraum an den Wänden und kleine Aquarelle von Vögeln, die er präzise nach Vorlagen kopiert hatte. In den Urlaub zu fahren, auch entlegenere Enden auf der anderen Seite der Welt zu sehen, machte einen Großteil seiner Lebensplanung aus, und er wollte eigentlich nicht alleine verreisen. Er führte gerne seine eigenen Ideen und Theorien über das aus, was auf der Welt vor sich ging. Er misstraute den Nachrichten, deutete um, was geschah. Er entwickelte, wiederum stolz, seine Verschwörungsideen und schien zu glauben, so einem elitären, wissenden Kreis anzugehören. Er dozierte über seine Weltsicht, freilich ohne sich sozial zu engagieren. Er wollte seinen Körper kontrollieren, seine Gefühle, seine Haut und seinen flachen Bauch, seine raren Freundschaften.

Im Herbst nach fast zwei Jahren war unsere Beziehung beendet. Ich habe gehört, dass sich Paare oft in dieser Jahreszeit trennen. Wir hatten alle paar Abende miteinander geskypt. Er war zu meinen Vernissagen gekommen und wir waren einige Male gemeinsam im Urlaub am Meer, an der südenglischen Küste und auf den Inseln im Atlantik. Das Ende kam unerwartet, es war kurz, kalt und ohne Begründung. Die Luftlinie Frankfurt - London war zu kurz gewesen, der Ärmelkanal dazwischen zu eng.

Ein halbes Jahr später haben die exzentrischen Inselbewohner entschieden, die EU zu verlassen. Sollen sie doch machen, was sie wollen.

Albtraum einer Traumreise

Es war für mich nichts Ungewöhnliches zu verreisen, denn schließlich war ich als Kind mehrmals umgezogen. Deswegen war ich nicht überrascht, als mein Mann eines Tages vorschlug, eine sechswöchige Rundreise durch die USA zu unternehmen. Ein besonderes Programm hatten wir nicht. Wir waren uns nur darüber einig, dass wir die Staaten von New York nach San Francisco mit dem PKW durchqueren wollten.

Andreas war immer ein Reiselustiger gewesen. Schon als 19-jähriger Student war er sechs Wochen lang durch England und Schottland getrampt. Ich kannte ihn damals noch nicht. Aber wie ich später erfuhr, wurde er in seinem Dorf für verschollen gehalten, weil er während seiner Reise kein Lebenszeichen von sich gegeben hatte.

Einmal erzählte er mir in einem stolzen Ton, dass auch seine Mutter ihn schon für tot erklärt hatte. Dabei grinste er ein wenig. Damals gab es kein Handy, und um zu schreiben, war er zu faul. Diese arme Frau, dachte ich, wer weiß, was sie mitgemacht haben muss. Andreas war auch zu faul, sich zu rasieren. Deshalb ließ er sich in England die Haare und den Bart lang wachsen.

Ich traf ihn kurz nach seiner Rückreise. Mit seinen langen Haaren, die sein Gesicht fast versteckten, und mit seinem Nikolausbart erinnerte er mich an den Heiligen Leonhard. (Am Hochaltar der Kirche von Langdorf hatte ich einst ein Bild gesehen).

Ganz besonders, wenn er sich zu mir herunterbeugte, fielen ihm die Haare nach vorne. Dies liebte ich an ihm sehr. Und er musste sich herunter beugen, wenn er mich ansprach, weil ich ansonsten, aufgrund meiner kleinen Statur, nicht in der Lage gewesen wäre, seine Stimme wahrzunehmen.

Das alles liegt nun lange zurück. Nach seiner Englandtour verreisten wir dann als junges Ehepaar immer gemeinsam. Nun standen die USA auf unserem Plan.

Fast täglich kam ich voll bepackt mit Reiseprospekten nach Hause. Überall lagen sie aufgestapelt herum.

„Verdammt, kannst du dir nicht einen anderen Platz für diesen Kram aussuchen?"

Sehr oft musste ich mir diesen Satz anhören, den Andreas mit seiner kräftigen Stimme aussprach, immer dann, wenn er darüber stolperte und mit einem kräftigen Fußtritt die Kataloge durch die Luft wirbeln ließ. Von keinem Raum aus war seinen Wutausbruch zu überhören. Und das Haus hatte nicht wenige Zimmer.

Es war Februar. Die restlichen Spuren vom Schnee waren kaum zu erkennen. Die ersten Sonnenstrahlen hatten den Weg für die Krokusse freigemacht, die auf der Wiese ihre Köpfe herausstreckten, so als ob sie mich mit diesem Satz begrüßen wollten: „Hallo, wir sind schon da!"

Ich hatte die Aufgabe übernommen, die USA-Reise zu organisieren.

Deshalb studierte ich die Kataloge, bis mein Interesse auf etwas Besonderes stieß: Eine dreitägige Floßfahrt in den Stromschnellen des Colorado Rivers. Rückflug über den Grand Canyon mit einem kleinen Flugzeug.

Ich las die Programmbeschreibung sehr sorgfältig und war begeistert.

Übernachtet wird am Ufer des Flusses unter freiem Himmel. Verpflegung erfolgt durch den Skipper. Mitzunehmen ist nur eine kleine Plastiktüte, die für einen minimalen Kleidungsbedarf ausreichen sollte, ferner eine Metallbox für die wichtigsten persönlichen Utensilien.

„Ach! Das werde ich schon überleben!", dachte ich, obwohl alleine der Gedanke, im Freien zu schlafen, mir eine unheimliche Furcht einjagte. Es wurde Mai, und es war so weit.

Nach einem langen Nachtflug erreichten wir New York. Ein mildes Klima hieß uns willkommen. Ich war glücklich. Ich kam mir vor wie zuhause, was die Wärme betraf. Wir nahmen das Auto in Empfang, das wir von zuhause aus angemietet hatten. Es war ein riesiger Schlitten - so nannte es mein Mann. Da Andreas sehr groß war, musste alles um ihn herum groß sein. Er brauchte viel Platz, sagte er immer. Nur bei mir hatte er sich für das „Klein" entschieden, denn ich war vierzig Zentimeter kleiner als er. Nur wenn ich die Arme hoch streckte, erreichten meine Fingerspitzen seinen Kopf, um seine wunderschöne Mähne zu kraulen.

Wir hatten kein tägliches Reiseprogramm aufgestellt, wie viele andere es gemacht hätten. Trotzdem verlief unsere Reise wie im Bilderbuch. Ich hatte mir zwar eine Liste von Hotels und Städten vorbereitet, aber eine Reservierung hatte ich absichtlich unterlassen. Ich wusste, dass Andreas gerne auf Überraschungen anzusprechen war. Also mussten wir unsere Route täglich neu planen.

Wir durchquerten die Staaten von New York bis San Francisco. Dies war die Endstation. Aber das Besondere unserer Reise fand nicht in Kalifornien, sondern in Arizona statt. In Moab, einem kleinen Städtchen in der Wüste, wartete der Höhepunkt auf uns. Dort startete nämlich die Floßfahrt, die ich seit Monaten herbeigesehnt hatte. Ich freute mich sehr darauf, und doch war das komische Kribbeln im Magen ständig präsent. Schlaflose Nächte und Albträume störten meine nächtliche Ruhe. Auch schmerzte mich die Brust so, als ob jemand mit einem Stein darauf hämmern würde. Ich hatte nie zuvor im Freien geschlafen. Schon in meiner Kindheit hatte ich Panik davor gehabt.

Als wir am Ufer des Colorado Rivers ankamen, waren die Vorbereitungen schon im Gange. Menschen rannten hin und her. Bunte Schwimmwesten, gelbe Kanister mit Wasser und flüssige Nahrungsmittel - so wurden die Getränke genannt, die aus Bier, Wein und Schnaps bestanden - wurden auf die Flöße geladen, die schon am Ufer bereit lagen.

Als endlich die Beladungsprozedur beendet war, eilte ich schnell zum Floß und okkupierte für mich und Andreas zwei Plätze, und zwar auf jenem Floß, welcher vom erfahrensten Skipper gesteuert wurde. Sein muskulöser und gut trainierter Körperbau verlieh mir das notwendige Vertrauen. Mit ihm würde ich diese Reise überstehen. Davon war ich mehr als überzeugt.

Die Flöße glitten gemütlich auf den noch ruhigen Gewässern des Colorado dahin. Es war faszinierend, die Canyons aus der Nähe zu erleben.

Unser Big Kelly, so nannten wir unseren Skipper, kannte die Gewässer des Colorado wie seine Hosentasche. Sehr geschickt steuerte er unser Floß mit meisterhaften Manövern zwischen den vielen Steinklippen hindurch, die aus dem Wasser wie Walrücken herausragten.

Ich saß rittlings auf der vordersten Spitze auf dem Floß. Meine Beine baumelten links und rechts. Sie berührten das kühle Wasser.

Das prickelnde Gefühl an meinen Füßen ließ meine Glieder erzittern. Gänsehaut überzog meinen Körper. Mir war, als ob ich langsam durch die Mitte einer Wolke versenkt worden wäre.

Dann wieder fühlte ich mich wie ein junger Delphin, der über die Wellen reitet. Ich war begeistert von den beeindruckenden Felsformationen, die der Colorado in Millionen von Jahren ans Tageslicht gebracht hatte. Rechts und links von mir erhoben sich kolossale Steilwände empor, wie eine Steinmauer, deren Farbschattierung beim Sonnenaufgang mit Gelb-Orange bis hin zu Feuerrot die Umgebung in eine paradiesisch schöne Landschaft verwandelte.

Als der Tag ausklang, beleuchteten die Sonnenstrahlen die hohen Steilwände. Ihre Farbe wechselte von Hellrot bis zu Dunkelrot wie bei einer Zeitlupe. Ein zauberhaftes Bild präsentierte sich vor unseren Augen, bis es auf einmal ganz dunkel wurde, so als ob plötzlich ein schwarzer Vorhang den Himmel verhüllte.

An einem einsamen Strand machten wir halt, um dort zu nächtigen. Dass unser Big Kelly nicht nur der beste Skipper, sondern auch der beste Koch auf dem Colorado sein müsste, hatte ich mir aufgrund des umfangreichen Körperbaus schon gedacht. Aber dass er mit den minimalsten Utensilien ein solch köstliches Dinner zaubern konnte, überraschte uns alle. Ich habe dort nicht nur die besten Steaks meines Lebens gegessen, sondern auch die leckersten Pfannkuchen.

Nach dem üppigen Dinner waren nun meine Gedanken auf die bevorstehende Nacht gerichtet. Um die Nacht besser zu überstehen, trank ich ein paar Schnäpse.

„Es wird dir guttun. Der Alkohol wird deine Ängste wegspülen", sagte Andreas zu mir.

Und da ich ihm vertraute, folgte ich seinem Rat. Es ist nicht so, dass ich eine Trinkerin gewesen wäre, im Gegenteil! Ich hasste den Geruch von Alkohol. Aus diesem Grund gewöhnte ich mich nur daran, ein Glas Bier oder Schnaps zu trinken, um den unangenehmen Atem der anderen leichter zu ertragen.

Jedenfalls schaffte ich es, in dieser Nacht zwei Gläser Aquavit herunterzuspülen. Ich hielt mit dem Daumen und dem Zeigefinger die Nase zu, öffnete den Mund, schloss die Augen und schluckte, die Flüssigkeit brannte schon in der Magengegend. Je benebelter sich mein Kopf anfühlte, desto größer wurde aber meine Angst vor der Dunkelheit.

Während die meisten ihre Schlafecken hinter den Steinfelsen einrichteten, von denen mehrere am Strand waren, breitete ich unsere Schlafsäcke mitten auf dem Strand aus. Darum musste ich Andreas lange bitten. Er hätte sich lieber hinter einem Felsen verkrochen, um mich ohne fremde Blicke ganz für sich allein zu haben. Denn seine Qualitäten als Liebhaber erreichten ihren Höhepunkt immer dann, wenn sich eine besondere Situation darbot. Aber an diesem Tag dachte ich an etwas ganz anderes.

Ich dachte, dass direkt am Wasser zu liegen, der sicherste Ort sei, um nicht von Schlangen oder anderen gefährlichen Tieren angegriffen zu werden.

Nach meiner Vorstellung würden die Tiere von den Bergen herkommen. Da die Felsenbrocken direkt zu deren Füßen lagen, würden, im Falle eines Angriffes, zuerst die anderen geweckt werden.

Solche Gedanken türmten sich in meinem betrunkenen Kopf. Die ersten Nachtstunden, die mir extrem lang vorkamen, verbrachte ich sitzend wie ein Buddha, mit offenen Augen, den Blick auf den Himmel und in die dunkle Umgebung gerichtet.

Dann, als alles still war, stand ich auf und verließ meine Schlafstelle, weil ich sie als nicht sicher genug betrachtete. In meinem verwirrten Kopf tauchte die Idee auf, mich auf der Suche nach einem sichereren Platz am Wasser zu begeben.

Mit Ameisenschritten erreichte ich das Floß, auf dem die Mannschaft in tiefes Schnarchen versunken war.

Plötzlich unterbrach lautes Platschen die Schlafruhe. Alle Frösche, die auf dem Floß übernachteten, sprangen verängstigt gleichzeitig ins Wasser. Panik brach unter den aus dem Schlaf gerissenen Touristen aus. Kurz davor hatten sie wahrscheinlich unterm Alkoholdusel selig geträumt. Einzelne wurden hysterisch und fingen an zu schreien:

„Hilfe, Hilfe, was war das, ist hier eine Schlange?"

„Ein Bär, ein Bär ist unter uns!"

„Nein, o Gott, ist es wahr?"

Mehrere Taschenlampen gingen gleichzeitig an. Einige standen auf und suchten nach dem Ungeheuer.

„Ruhe! Ruhe!", schrie unser Skipper Kelly mit dröhnender Stimme.

„Es ist nichts passiert. Es waren nur die Frösche, die sich auf unserem Floß nicht mehr wohl fühlten, weil sie von einer Schlafwandlerin gestört worden sind. So haben sie das Floß verlassen und sind gleichzeitig ins Wasser gesprungen!"

Seine starke Stimme wirkte sehr überzeugend. Aber die Ruhe war nicht hergestellt. Denn eine erregte Stimme erhob sich in der Menge:

„Hier ist sie. Eine Schlange. Wo ist ein Stock, schnell ein Stock her! Und Steine, sammelt Steine und bringt sie hierher!"

Die rennenden Gestalten erzeugten mit ihren Taschenlampen fast eine festliche Stimmung, die eher an ein Lichterspiel erinnerte. Keiner schrie. Der Schrecken war groß. Eine gut zweieinhalb Meter lange Schlange hatte sich in die Nähe des Floßes geschlichen. Big Kelly brachte einen Stock und forderte alle auf, Ruhe zu bewahren. Alle Stimme verstummten. Ich war durcheinander und immer noch verwirrt. Meine Augen wurden von diesem Schauspiel geblendet, sie suchten nach einem Ausweg. Ich wählte die Flucht und rannte davon.

Als ich keine Luft mehr in der Lunge spürte, stapfte ich wie ein beleidigter Hund den Weg zurück und erreichte meinen alten Platz. Mein Mann war noch da, er saß auf seinem Schlafsack mit verschlafenen Augen und einem Gesichtsausdruck, den nur ich kannte und der von Erschrecken und Besorgnis sprach. Ich legte mich an seine Seite und versuchte, klebend an ihm wie ein Blutegel wieder zu mir zu kommen.

Mit dem ersten Tageslicht war endlich die Nacht vorbei. Leben kam auf. Das Drama der Nacht war wie ausgelöscht. Ein Rascheln von Gähnen und Strecken breitete sich am Strand aus. Die Steilwände begannen die prächtigsten Farben anzunehmen.

Noch einmal erlebte ich das Naturwunder des Farbschauspiels auf den kolossalen Monolithen beim Sonnenaufgang.

Ein reichhaltiges Frühstück mit scrambled eggs, Avocados, und den besten Tropenfrüchten hatte dafür gesorgt, die Erinnerung an den nächtlichen Albtraum für alle in einem tiefen Loch zu versenken.

Nach dem Frühstück verließen wir den Strand. Dann setzten wir die Floßfahrt fort. Auf dem Floß gab uns Big Kelly einige Anweisungen für das bevorstehende Abenteuer in den Stromschnellen. Schließlich sollten wir unbeschadet wieder ans Land zurückschwimmen.

Die Stunde war gekommen. Wir stürzten uns in die Stromschnellen des Colorado. Bevor wir in die Stromschnelle stiegen, ermahnte uns Big Kelly, seine Anweisungen zu befolgen.

„Endlich ist es soweit, der Höhepunkt der ersehnten Reise. Sich von den wilden Wassermassen treiben zu lassen, was für ein Traum", dachte ich.

Obwohl ich nie eine gute Schwimmerin gewesen war, wollte ich mir diese Herausforderung nicht entgehen lassen.

Wir hatten alle Schwimmwesten und feste Schuhe angezogen, bevor wir in die Flut sprangen. Ich merkte, wie ich sofort von den Wassermassen mitgerissen wurde.

Erst jetzt schoss mir auf einmal die Warnung von unserem Big Kelly durch den Kopf:

„Die Beine immer schön an den Körper anwinkeln und sich mit den Füßen von den Klippen abstoßen."

Ich konzentrierte mich ganz stark darauf. Das Dröhnen des Wassers vernebelte meine Sicht. Schnell verlor ich die Orientierung. Ich wusste nicht mehr, was Himmel und Wasser war. Mein Blick suchte verzweifelt nach Andreas, nach den anderen Schwimmern, aber die schäumenden Wasserfluten tobten wütend und behinderten jegliche Sicht. Ich weiß nicht, wie lange ich in den Fluten trieb.

Es mochten nur Minuten vergangen sein. Sie kamen mir wie eine Ewigkeit vor. Wie ein Kreisel wurde mein Körper im Wasser herumgewirbelt. Ich konnte nichts mehr erkennen, versuchte die Kontrolle über meine Sinne zu behalten. Unscharf war vor mir ein neuer Wasserfall zu erkennen. Verzweifelt suchte ich nach dem Floß, nach meinem Mann. Nichts davon war zu sehen. Er und Kelly mussten irgendwo in der Nähe sein. Kelly musste erkannt haben, dass ich in Gefahr war. Er wird bestimmt kommen und mich retten, dachte ich. Aber außer wirbelndem Wasser war nichts um mich herum. Ich hatte tatsächlich die Landungsstelle verpasst und trieb langsam der nächsten Stromschnelle zu. Und diese war nicht ungefährlich, davor hatte uns Big Kelly gewarnt.

Ich fühlte, dass ich nun auf mich selbst angewiesen war. Ich musste mich selbst retten, wenn ich weiter leben wollte. Und dies wollte ich unbedingt. Eine gewaltige Kraft spürte ich plötzlich in mir hoch steigen. Für einen Moment dachte ich an meinen Schutzengel. Nur er konnte mir eine Kraft übertragen haben, wie ich sie in mir nie zuvor gespürt hatte.

Mit voller Energie bewegte ich Arme und Beine, so schnell ich nur konnte - ich musste wie eine Figur aus Zeichentrickfilmen ausgesehen haben. Die Strandzunge kam näher. Auch die Stromschnelle. Ab und zu glaubte ich einen Sandstreifen und das Ufer zu erblicken. Ich träumte Menschenstimmen zu hören.

Durch einen Wasserschleier konnte ich unscharf den Umriss eines Mannes erkennen.

Als ich mich dann dem Ufer näherte, erkannte ich ihn. Es war Andreas, der den Arm nach mir ausstreckte. Die Strömung war doch schneller als seine Schritte. Das Wasser toste. Mit einer geradezu übernatürlichen Willenskraft kämpfte ich weiterhin gegen die Strömung, bis ich endlich, ohne zu wissen wie, die Hand meines Mannes in meiner spürte.

Ganz vage erinnere ich mich daran, dass ich erschöpft am Ufer zusammengesackt bin, nicht ohne den Satz ausgesprochen zu haben, der mir die ganze Zeit auf den Lippen lag: „Ich wusste, dass ich mich immer auf dich verlassen kann."

Nach dem schrecklichen, wunderbaren Abenteuer wartete ich sehnsüchtig auf das Ende unserer Reise: Der Rückflug stand uns bevor. Eine kleine Maschine sollte uns über den Grand Canyon nach Page zurückfliegen. Von dort aus wollten wir zu dem nahegelegenen Lake Powell fahren, um uns von den Strapazen zu erholen. Wir legten an einem Ufer an. Nach einem Fußmarsch von mehreren Kilometern, die wir zwischen Felsen und Steppe zurücklegten, gelangten wir zu einem Plateau.

Was ich aber sah, glich eher einer Mondlandschaft. Ich war sprachlos, als ich hörte, dass das Flugzeug von hier aus starten sollten. Mein Gesicht, welches noch von dem vorherigen Schrecken sehr blass war, wurde nun kreidebleich. So als ob das Blut in meinem Körper von der Felsenlandschaft aufgesaugt worden wäre. Bei uns war auch ein weiteres junges Paar. Nur vier von den 24 Touristen hatten sich für eine solche verrückte Idee entschieden. Das Paar sagte kein Wort. Aber der Gesichtsausdruck der beiden verriet Panik. Ein nervöses Lächeln lag auf Andreas Gesicht. Mit seinem Blick konnte er uns keinen Mut einflößen.

Ich weinte und bemühte mich, meine Seufzer zu ersticken. Der Hals tat mir weh und ich konnte kaum atmen. Ich wollte wegrennen, loslaufen. Wollte zurück zum Floß. Unser Begleiter erklärte mir, dass es keinen anderen Rückweg gäbe. Wir mussten zurückfliegen. Und zwar bald, bevor es dunkel wurde. Spätestens bei Sonnenuntergang sei der Rückflug anzutreten.

Ich sah mich um, weder eine Lande- noch eine Startbahn waren zu erkennen. Plötzlich hörte ich das Dröhnen einer Maschine hinter einem Berg. Auf dem ca. 50 Meter langen Schotterweg, an dem wir standen, landete das Flugzeug. Andreas beruhigte mich, versuchte mich zu überzeugen, dass hier nur erfahrene Piloten diese Maschinen täglich steuern würden.

Ich sollte mich nicht so anstellen. Schließlich wären wir im Urlaub. Viele an meiner Stelle wären froh, eine solche Reise machen zu dürfen.

Meine Füße fühlten sich wie Blei an, mein Körper vollkommen leer. Von Andreas gestützt, stieg ich, und danach die anderen, in die kleine Maschine ein. Mit vollem Karacho steuerte der Pilot die Maschine auf die kurze Startbahn. Mein Herz blieb still. Mein Atem blieb aus. Meine Brust tat furchtbar weh.

Ich erinnere mich nur, dass ich die Hand meines Mannes festhielt. Meine Fingernägel bohrten sich in seine Handfläche. Aber er zeigte keinen Schmerz. Unter uns die Tiefe, um uns herum nur hohe Berge. Wie ein schmaler Faden schlängelte sich der Colorado River durch die Berge.

Die Maschine sackte mehrere Male einige Meter in die Tiefe ab. Mein Herz und Magen ebenso. Sie gewann dann wieder an Höhe. Ich blieb zusammengekauert wie eine Katze in meinem Sitz. Von dem traumhaften Sonnenuntergang bekam ich nichts mit. Ich muss zwischendurch ohnmächtig gewesen sein. Durch ein kräftiges Schütteln kam ich wieder zu mir. Andreas hatte an mir gerüttelt Das Bild, auf das mein Blick fiel, war atemberaubend. Ich dachte zunächst, ich sei schon in Paradies, denn das Wasser unter uns war so blau wie der Himmel.

Wir flogen über einem See und landeten in Page. Das ist eine der jüngsten Städte in Arizona. Unser neues Ziel war der Lake Orwell.

Nun waren wir in Lake Orwell angekommen. Unser Reisegepäck, das wir in Moab im Hotel aufbewahrt hatten, kam mit uns gleichzeitig an. Was für ein Service, dachte ich. Ich konnte wieder denken.

Andreas wusste genau, dass ich, wenn es um die Unterbringung ging, sehr verwöhnt war. Diesmal wurde ich besonders verwöhnt. Denn nach den vielen schrecklichen Erlebnissen wählte Andreas eines der schönsten Hotels vom Lake Powell aus. Es lag direkt am Strand. Von dort aus hatten wir einen wunderbaren Blick über den See mit seinen roten Felsen, die mehrmals am Tag die unterschiedlichsten Farben annahmen. Wir unternahmen weitere Ausflüge mit dem Boot. Jedoch nur um die Schönheit der Natur genießen zu können. Und so endete der Albtraum meiner Traumreise.

Radvana Kraslová

Die Sonnenanbeterin

Sie sitzt ruhig auf dem Balkon und lässt die sanften Sonnenstrahlen des Herbstes ihr Gesicht liebkosen. Diese paar Quadratmeter, umrahmt von roten Geranien, zwei Palmen und einem prächtigen Oleander, waren für sie immer ein Zufluchtsort, ein Hauch von Subtropen mitten in Deutschland, ihr kleines Paradies.

Obwohl Hana die Sonne so gern auf ihrer Haut spürt und sie die Sehnsucht nach dem südlichen Meer oft ergreift, fühlt sie sich dennoch im Vier-Jahreszeiten-Klima wohl. Oh, wie sehr sie sich seinerzeit nach drei Wochen im hochsommerlichen trockenen Griechenland über den grünen Rasen vor einem Hotel freute...

Sonne und Wasser - das sind ihre Elemente, dennoch könnte sie ohne Winter und Schnee den Frühling und Sommer nicht wirklich schätzen. In der Sonne faulenzen machte sie zwar immer glücklich, aber wenn sie von den Musen geküsst oder durch Termine gezwungen war, arbeitete sie lieber in der Nacht. Zumindest damals, als sie noch jung war.

Mit zunehmendem Alter ist ihr diese Fähigkeit langsam abhanden gekommen. Der Körper will nicht mehr mithalten, die Augen schließen sich von selbst, die Ideen im Kopf zerstreuen sich. Nichts scheint mehr so wichtig zu sein. Für wen sollte sie auch schreiben - in der Zeit des Internets und der sogenannten sozialen Netzwerke, die Menschen von einander eher entfernen als sie zusammen zu bringen. Man braucht doch den Partner in seiner Nähe, nicht auf dem Bildschirm. Eine ziemlich entfremdete Welt.

War aber ihre Kindheit und Jugend in Prag besser?

Noch im Krieg geboren, in den wilden kommunistischen Jahren aufgewachsen - was für ein Start ins Leben! Der Vater war im KZ zum überzeugten Kommunisten geworden, die Mutter blieb eine glühende Anhängerin der alten demokratischen Republik und hatte ihrem Mann gegenüber immer ein spöttisches Wort auf den Lippen bereit. Was konnte er denn schon für die politischen Hinrichtungen in den Fünfzigern? Sollte er etwa dagegen protestieren und damit seinen eigenen Kopf in die Schlinge stecken?

Ständige Streitereien, die immer mit einem zischenden Psst endeten: das Kind sollte es doch nicht hören, es könnte noch etwas ausplaudern! So war die Diktatur eben: Man sprach zu Hause ganz anders als draußen oder in der Schule. Oder lieber gar nicht. Und das Kind hörte zu, auch wenn es nicht sollte.

Dann starb Stalin, und bis auf die eisernen Genossen, die von dem unmenschlichen System profitiert hatten, konnten alle endlich aufatmen. Denn für viele Kommunisten war es in den Fünfzigern um Kopf und Kragen gegangen. Trotzdem wurde das geplante überdimensionale Mahnmal Stalins realisiert, das den Berg über der Moldau noch acht Jahre lang verunstaltete. Der Haufen Granit in der weichen Sandsteinlandschaft sah wie ein Sarkophag aus und wurde von Pragern abwertend „Warteschlange für Fleisch" genannt, weil hinter dem Führer auch das Volk posierte - oder ihm in den Hintern kroch? Der arme verspottete Bildhauer hatte sich schon am Tag der Enthüllung das Leben genommen - er hatte nie geglaubt, dass sein Monstrum je gewinnen könnte, aber am Wettbewerb nicht teilzunehmen, wagte er nicht...

Die glorreichen Sechziger kamen auf leisen Sohlen, ohne an die Tür zu klopfen, und wurden mit großer Freude hereingebeten. Lebenspendende kleine Theater schossen aus dem Boden empor wie Pilze nach dem Regen und ihre Poetik war so herrlich anders: ungezwungen, spielerisch, witzig, meilenweit entfernt von dem bisherigen heuchlerischen, aufgezwungenen Aufbau-Elan.

Es brach die Zeit der Studentenfeste an, die sogenannten Majales, die Zeit der neuen tschechischen Welle in Film, Theater und Literatur. Es kamen wieder amerikanische Komödien und Western in die Kinos. Es kamen Louis Armstrong, Ella Fitzgerald und Allen Ginsberg nach Prag. Auch die Beatles wurden eingeladen...

Statt ihrer kamen die Russen. Und es wurde wieder alles anders. Nur nicht sofort. Zuerst wurden die Okkupanten mittels Humor bekämpft. Sarkastische Poesie zierte die Straßen, alte Theaterstücke wurden plötzlich ganz aktuell empfunden - diese wurden als erste verboten. Unbequeme Literatur wurde zwar nicht mehr verbrannt, sollte „nur" aussortiert werden - doch viele Bücher wurden gerettet und insgeheim weiterverbreitet. Nach einem Jahr wurden aber alle Proteste totgeschwiegen und die gründliche politische Säuberung hatte die ganze Gesellschaft gelähmt und paralysiert. Dies war der Anfang der sogenannten „Normalisation", die alles andere als normal war.

Die Okkupation wurde nun offiziell „brüderliche Hilfe gegen die Konterrevolution" genannt, trotzdem herrschte überall Apathie statt Euphorie und der frühere Enthusiasmus kippte in den Nihilismus. Die Leute betranken sich, um zu vergessen, dass die Hoffnung auf bessere Zeiten so rasch wieder verschwunden war. Sie kapselten sich ab. In Kneipen wurde beim Bier über die Umstände gemeckert - dort waren noch alle Helden. Hand in Hand mit dem Alkohol ging die Promiskuität. Trotz aller proklamierter sozialistischer Ideale blühte überall die Dekadenz. Hungrig war niemand, na also. Der Meinung war übrigens auch Hanas Mutter.

Nach und nach fanden sich Leute mit der neuen Situation ab. Hana konnte das nicht, die Anpassung war ihr zuwider. Die anderen hielten sie für eine Spinnerin und nannten sie spöttisch

Jan Hus, der sich für seine Wahrheit hatte verbrennen lassen. Das war nicht mehr ihre Welt. Die goldenen Sechziger hatten ihr Flügel verliehen, jetzt wurden sie ihr wieder schmerzhaft abgeschnitten. Sie wollte nicht wie eine Henne im Käfig nur auf ihre Fütterung warten und dabei noch freudig glucksen müssen. Sie wollte aus dem Käfig raus! Insbesondere nach dem plötzlichen Tod ihres Vaters, der sich von der „brüderlichen Hilfe" der Sowjets nicht mehr erholen konnte.

Und dann lernte Hana in einer Kneipe Martin kennen, der das gleiche wie sie empfand. Gemeinsam reisten sie nach Jugoslawien und von dort kletterten sie über die Julischen Alpen nach Österreich. Später landeten sie in Deutschland, wo Martin bessere Berufschancen hatte. Er fand eine Firma, in der so viele Tschechen angestellt waren, dass sie den Deutschen bei Beratungen scherzhaft drohten, das Gespräch nicht ins Deutsche zu übersetzen!

Und Hana? Ihr Studium der tschechischen Philologie und Literatur nutzte ihr jetzt wenig. Zuerst putzte sie oder trug Werbezeitungen aus, während sie Sprachkurse besuchte und abends für tschechische Exilzeitschriften schrieb. Endlich konnte sie sagen, was ihr am Herzen lag. Nur durfte sie es nicht unter ihrem eigenen Namen veröffentlichen, sonst hätte das für ihre jüngere Schwester in Prag fatale Folgen gehabt. Allein die Tatsache, die nahe Verwandte einer Emigrantin zu sein, hatte sie schon ihren guten Job gekostet. So haben sich beide Schwestern mit akademischen Titeln eine Zeit lang als Putzfrauen ihr Geld verdient - auf beiden Seiten des Stacheldrahts. Die biologische Uhr tickte zu ihren Gunsten: Beide bekamen zur selben Zeit ihren Nachwuchs - ihre Nichten kannten sie jedoch jahrelang nur von Fotos.

Wie war es damals, als Hana und Martin nach Frankfurt kamen? Unruhig, sehr unruhig. Während in ihrer Heimat gelähmte Stille herrschte, wurde hier randaliert und demonstriert. Gegen das Kapital. Gegen den Kapitalismus. Gegen die

Elterngeneration, die zu schwach gewesen war, um mit den Nazis fertig zu werden, aber stark genug, um das zerbombte Land wiederherzustellen und zum beispiellosen Wohlstand zu bringen. Es war aber nicht genug. Und wer diente der unzufriedenen Jugend als Vorbild? Che Guevara und Mao Tse-tung! Da hätten sie genauso auch Brezhnev bewundern können, aber der war ihnen wahrscheinlich nicht exotisch genug.

Salonmarxismus war „in", trotzdem wollte kaum jemand in den Osten emigrieren. Also wussten sie im tiefsten Innern doch, dass der Sozialismus keine richtige Option war. Sie kokettierten nur mit der utopischen Idee. Realisieren wollten sie die Terroristen - und viele junge Leute hatten für diese damals viel zu viel Verständnis...

Niemand versperrte ihnen die Informationen aus aller Welt - und eben deshalb verloren sie manchmal die Orientierung. Hinter dem Stacheldraht war klar, wer der Feind ist. Theoretisch. Faktisch konnte allerdings jeder ein Spitzel sein, weil es im Gegenzug Privilegien gab. Westdeutsche fanden sich mit dem schwarzen Kapitel ihrer Geschichte mühsam ab - und liefen dem Marxismus freiwillig in die Arme. Manche Fernsehberichte waren von den kommunistischen nicht zu unterscheiden: immer sehr streng mit Israel oder den US-Republikanern, aber ziemlich tolerant gegenüber den Diktatoren.

Und wieder standen Hana und Martin mit ihrer ganz anderen Meinung als Exoten da - nur mit dem großen Unterschied, dass ihnen hier dafür kein Gefängnis drohte. Sie dachten sogar an eine Emigration nach Amerika. Einen Strich durch die Rechnung machte ihnen aber die zweite Schwangerschaft. Und ehrlich gesagt auch die Angst vor zu viel Unbekanntem und zu viel Freiheit jenseits des Ozeans. Amerika blieb verkapselt in den märchenhaften Westernfilmen, wo die Guten auf Anhieb von den Bösen zu unterscheiden waren.

Oh, wie gerne blieb Hana mit ihren kleinen Töchtern zu Hause, während unter dem Balkon die Demos für eine „bessere" Welt tobten. Sie war nämlich mit der Welt hier ziemlich zufrieden, vor allem mit dem kleinen Kosmos ihrer Familie. Erste Worte, erste Schritte, dann die Einschulung und später die Begeisterung fürs Musizieren - unvergessliche Momente, die immer ein Lächeln auf Hanas Lippen hervorriefen. Dann kam die Pubertät, die vieles änderte, aber im Grunde genommen auch keine Katastrophe war, nur fühlte sich Mama irgendwie degradiert, weil Papa der absolute King war und für sie nur das Kochen, Putzen und Schimpfen blieb.

In der Schule lief alles ziemlich gut - trotz einiger notorisch „engagierter" Eltern, die die bisherigen Lehrmethoden ständig als überholt kritisierten und am liebsten noch im Gymnasium „spielerischer" vorgegangen wären; schon Weihnachtslieder auswendig zu lernen roch ihnen nach Dressur!

Zuviel Demokratie schadet manchmal, sagten ab und zu Hana und Martin provokant, aber dann erinnerten sie sich an die ideologische und politische Quatscherei, die ihnen ihre Schulzeit vergiftet und Lügen verbreitet hatte, und waren dankbar, dass ihre Kinder der wahren Dressur entkommen konnten.

Dann trat unerwartet die Wende ein. Die berauschenden Momente des Mauerfalls vergisst man nie. Doch die Welle der Begeisterung konnte nicht ewig anhalten, die Ernüchterung war vorprogrammiert. Im Wilden Osten wurde wild privatisiert und die nun Verarmten oder die früher Privilegierten sehnten sich bald nach den vorgeschriebenen Linien und begrenzten Sicherheiten der alten Zeiten zurück.

Der Westen lebte noch in Saus und Braus. Die ehemaligen roten Rebellen wurden grün, Fleisch wurde abgelehnt und angeblich wahnsinnige Kühe dem neuen Wahn geopfert. Und weil es schon lange keine Demos gab, durften jetzt sogar Schüler frei zwischen Unterricht und Antikriegsdemonstrationen wählen.

Und was für eine Überraschung: sie entschieden sich für letzteres! Nachdem sie mit Transparenten „Kein Krieg für Öl!" lange genug auf der Straße marschiert waren, wurden sie von besorgten Eltern mit Autos abgeholt, die bestimmt mit keinem Tropfen Benzin angetrieben wurden...

Im Fernsehen erschien ein neuer Typ Redner: Die sogenannten „Friedensforscher" sollten ganz im orwellesken Sinne den Golf- und Balkankrieg analysieren. Und Arafats Freund Fischer, der früher Polizisten mit Steinen beworfen hatte, avancierte zum Außenminister und zum Liebling vieler Journalisten. Obwohl ständig das „positive Denken" proklamiert wurde, lieferte das Fernsehen unentwegt Bilder der Gewalt...

Das war auch der Anfang der „politischen Korrektheit" und das definitive Ende des Klartextes. Statt Bürger oder Zuhörer galten ad hoc nur noch komische Schreibkonglomerate wie Bürger*Innen, Zuhörer*Innen oder Leser*Innen, und bei einer Rede dauerte allein die ausführliche Gender-Titulierung so lange, dass man den nachfolgenden Sätzen vor lauter Erschöpfung nicht mehr folgen konnte. Erinnerungen an sozialistische Genossinnen und Genossen wurden wach...

Die Grünen kamen ins Rathaus, aber die ökologische Straßenbahn wurde trotzdem jedes Jahr teurer und neue Parkhäuser nahmen immer mehr wertvollen Platz in Anspruch. Briefkästen quollen über vor Werbezeitungen, die umgehend in der Mülltonne landeten - und nicht einmal im Altpapier! Was für eine Verschwendung! Bis heute werden alle Haustüren von gestapelten Telefonbüchern blockiert, obwohl sie niemand mehr braucht, weil jeder zu Hause Internet hat und im Buch kaum noch blättern kann.

Und die freien Medien? Die sind auf beiden Seiten des ehemaligen Eisernen Vorhangs so provinziell geworden, dass sie sich fast nur um sich und ihre Weltsicht kümmern. Es gibt dabei auch lustige Momente, z.B. wenn die Kommunisten - pardon: Linken - vor dem Überwachungsstaat warnen...

Statt Blumen und Stirnbändern kamen Piercings und Tattoos, statt Rendezvous Dates. Jeder heißt heutzutage Freund - sowohl der Geliebte als auch ein Unbekannter auf Facebook. Verrückte Zeiten. Die eigenen Enkelkinder versteht man kaum - als ob sie eine fremde Sprache benutzten. Schon die Töchter leben in einer anderen Welt und haben andere Interessen. Den Alten bleiben nur ihre Altersgenossen, aber die werden immer weniger oder dement. Einige sind auf anderen Kontinenten zerstreut, und die in der alten Heimat scheinen manchmal noch weiter entfernt zu sein.

Hana und Martin haben sich oft gesagt, dass sie nicht mehr jung sein möchten. Ein paar verjüngte Gelenke wären zwar nicht schlecht, aber sonst? Die früher hauptsächlich sozial gemeinte Emanzipation der Frauen kippte in den bitteren Geschlechterkampf, wo schon reines Kokettieren fast verboten wird und Witze nicht nach Pointe, sondern nach Gender beurteilt werden: Männerwitze schlecht, Frauenwitze gut und Applaus! Aber Vulgaritäten in der Öffentlichkeit sind kein Tabu mehr; bei jeder Trivialität wird herzlich gelacht.

Der kluge Humor ist rar, aber es gibt ihn noch. Die Kabarettisten und Komiker sind heutzutage die einzigen, die - bei aller Freiheit - noch ihre Meinung laut sagen dürfen. Narrenfreiheit wie im Mittelalter. Doch ab und zu - damals wie heute - werden auch die Narren auf grausame Weise bestraft von denen, die keinen Sinn für Humor verspüren. Je suis Charlie.

Die verschiedenen Welten prallen aufeinander. Auf einer Seite wahnsinnige, zu allem fähige religiöse Gottesanbeter, auf der anderen rechthaberische Gottesanbeterinnen, die am liebsten sofort nach der Empfängnis das Männchen aufgefressen hätten.

Hana fängt an zu zittern, teils wegen dieser ekelhaften Vorstellungen, teils weil sich die Sonne dem Horizont nähert und ihre Kraft verliert. Genauso wie Hana sie verlor, als vor einer

Woche die furchtbare Nachricht aus dem Krankenhaus kam: Martin ist an dem Morgen nicht mehr aufgewacht.

Ein schöner Tod für ihn, ein unschönes Leben vor ihr. Mit wem soll sie jetzt über diese verrückte Welt noch lästern und lachen, wenn der, der ihr am nächsten war, dem ein einziger Blick von ihr reichte, um sie zu verstehen, wenn der meistgeliebte Mensch, der sie fast ein halbes Jahrhundert begleitet hat, nicht mehr da ist... Zurück bleibt nur ein altes, verbittertes Weib im goldenen, aber doch kühlen Altweibersommer.

Nachwort

Damals begleitete ich im Nachwort unsere erste gemeinsam erarbeitete Anthologie „Von fernen Gefühlen und Orten" (Frankfurt/M. 2005) mit der Euphorie des Aufbruchs zu einer Reise mit einem unbestimmten Ziel. Heute bietet sich mir, anlässlich unseres neuen literarischen Unternehmens, ein Rückblick an, sozusagen als Zwischenbericht von der fortgesetzten Reise.

Für mich das Erstaunlichste zuerst, dass es diese muntere Gruppe deutsch schreibender Frauen noch gibt. Selbstverständlich – und ich verstehe das als ein Ausdruck von Lebendigkeit – mit kleineren und größeren Veränderungen. Shirin Kumm, die eigentliche Initiatorin dieses „Literaturclubs der Frauen aus aller Welt", vertraute bald der Dynamik dieser Gruppe so sehr, dass sie sich zurückzog, um eigene literarische Aktivitäten voranzutreiben. Einige Autorinnen blieben mit der Zeit und aus den unterschiedlichsten Gründen fort; neue Autorinnen – nun auch aus der zweiten, also hier in Deutschland geborenen Generation - kamen mit anderen Ideen und literarischen Vorlieben hinzu; und aus dem Club wurde ein eingetragener Verein mit den entsprechenden Pflichten. Der allen gemeinsame Wunsch, schreibend neue Erfahrungen zu machen und über die entstandenen Texte innerhalb der Gruppe zu diskutieren, blieb jedoch das tragende Fundament bei allen gruppendynamischen Prozessen.

In diesen vielen Jahren des miteinander Arbeitens und Lachens war die Herkunft aus fremden Kulturen und Sprachen niemals eine Barriere zwischen den einzelnen Autorinnen. Im Gegenteil: Sie machte das literarische Gespräch untereinander nur lebhafter, z.B. bei der Suche nach dem richtigen Wort oder bei der „Übersetzung" eines literarischen Bildes aus der anderen Sprache ins Deutsche. Der Wunsch von allen, zu schreiben in der Sprache, die man, bisweilen erst im Erwachsenenalter, erlernt hatte oder in die man hineingeboren wurde, war die machtvolle Kraft für alle, sich immer wieder auf die Entdeckungsreise nach dem Neuen zu begeben.

Sich dieser gemeinsamen Sprache als Mittel der Kommunikation und der Kunst anzuvertrauen, war Ansporn und Lust, mithilfe ihrer Möglichkeiten Geschichten zu erzählen aus der erinnerten Wirklichkeit oder in der Welt der Phantasie, den eigenen Gefühlen Raum und Ausdruck zu geben und dabei bis an die Schmerzgrenze zu gehen. Und in diesem Reich des Unvertrauten begab sich jeder von uns – auch der „erste Leser" - ins Fremde: Sei es in der Vergewisserung der nun zeitlich und kulturell fernen Herkunft; sei es bei Reisen ins oder sich Niederlassen im „Ausland"; sei es beim Entdecken eines fremden Du; oder sei es im Ausprobieren neuer literarischer Möglichkeiten, um Wünsche, Enttäuschungen, Ängste zu benennen oder zu verbergen. Literatur als Sprachreise, um in immer tiefere Schichten des Eigenen oder des Fremden vorzudringen. Auch davon erzählen die Texte der folgenden Anthologien: „Wortwandlerinnen" (2010) und „Die Frankfurterinnen" (2015).

Meine Rolle war die des genauen und wohlwollenden Lesers. Mit von damals bis heute gleichbleibender Neugierde auf neue literarische Texte begleitete ich diesen Kreis durch die Jahre, als Mentor, indem ich die Autorinnen dazu anregte, immer ausgehend von den Prämissen des eigenen Textes noch genauer oder lebendiger oder eleganter zu schreiben oder noch radikaler die vielfältigen Möglichkeiten literarischen Schreibens einzusetzen, die sich nicht halten an die Begrenzungen des Dort und des Hier, des Damals und des Heute oder Morgen; bisweilen auch, indem ich die Autorinnen mit einer Aufgabe provozierte.

Und ich erlebte unsere Lese- und Diskussionstreffen immer wieder als Auseinandersetzung mit den hiesigen sozialen und kulturellen Verhältnissen. Im Erzählen werden offensichtlich: der Schmerz des Verlustes (der eigenen Herkunft), die Freude beim Entdecken neuer Möglichkeiten und die Lust an den kleinen oder großen Weltentwürfen der Fiktion. Somit ist Schreiben auch eine wunderbare Möglichkeit zur Integration. Ich bewundere, bis heute, den Mut eines jeden Mitglieds dieses Clubs, die endlose Reise in die Erinnerung oder durch die kulturell und ethnisch atemberaubende Vielfalt dieser Stadt Frankfurt am Main mitzugestalten. Auch jeder dieser hier versammelten Texte hat eine „Reise" hinter sich: vom je individuellen Entstehen über die Diskussion in der kleinen Gruppenöffentlichkeit bis hin zu dem Sichzeigen als Beitrag dieser Anthologie, der ich eine große Aufmerksamkeit wünsche.

„Wie war es für dich in dieser Frauenrunde, Frauen aus aller Welt? Hast du dich sehr fremd gefühlt zu Beginn? Erzähl doch!" Das schrieb Shirin Kumm damals am Ende ihres Vorworts. „Damals begleitete ich…"

Thomas Beckermann

Die Autorinnen:

Bauernfeind, Nadja: Ich bin in Frankfurt am Main geboren, lebe im Vordertaunus, habe Freie Kunst und Freies Zeichnen an der HfG Offenbach studiert und 2007 mit Diplom abgeschlossen. Ich habe ein Atelier in Frankfurt/Main und mache Ausstellungen im Rhein/Main Gebiet. Nebenbei schreibe ich mit Freude Kurzgeschichten und habe diverse Kurse im Kreativen Schreiben belegt.

Berber, Pupuze (P. B. Fuchs): P. B. Fuchs wurde in einem Dorf im Pontischen Gebirge geboren. Dort wuchs sie auf, bis der Vater seine Familie nach Deutschland holte. In einer mittelgroßen deutschen Stadt in Ostwestfalen kämpfte sie mit der fremden Sprache und hatte Anpassungsprobleme, die sich später in einer Rebellion gegen die Familie richteten. Ärzte und Psychologen halfen nicht, das Kind in das hiesige System hineinzupressen. Die verzweifelten Eltern holten sich darauf die Hilfe von Geisterbeschwörern. Einer dieser Experten bescheinigte die Besessenheit des Kindes von einem nicht so ganz gottlosen Dschinn, was die Eltern dankbar annahmen und gerne als Entschuldigung erzählten, auch dem Kind gegenüber.

Die Heranwachsende nahm es nicht sehr genau mit der Wahrheit, schmiss die Schule ohne sie zu beenden, zog aus dem Elternhaus aus, verdiente sich mit Gelegenheitsjobs ihren Lebensunterhalt und experimentierte mit Drogen. Zeit ihres Lebens bereitete sie ihren - eher traditionell gesinnten - Eltern starke Kopfschmerzen. Als sie über den Hype um die Bücher mit Sexinhalten las, beschloss sie, ein besseres zu schreiben. Sie schrieb vier Jahre lang an der „Reise zum Ende der Lust", sah sich etliche Porno-Videos an, recherchierte in ihrer türkischen Umgebung, führte über Facebook offene Gespräche mit jungen türkischen Männern, interviewte Folter-Opfer und Minderheiten und zeichnete neben dem besseren Sex auch ein Abbild der heutigen Türkei. Ihrer Protagonistin gab sie auch Züge von sich selbst, obwohl die Geschichte an sich frei erfunden ist. Sie lebt in Frankfurt und schreibt täglich in der U-Bahn.

Bonacker, Ayla: wurde in Güzelyurt, Türkei geboren. Ihre Kindheit und Jugend verbrachte sie in Ankara. Dort arbeitete sie fünf Jahre beim militärgeographischen Amt als Kartographin. In dieser Zeit schrieb sie Gedichte für "Defne", eine Kulturzeitschrift.

1971 übersiedelte sie nach Deutschland. In Dortmund begann sie als Kartographin im Ingenieur-Büro Schneiker, zeichnete Pläne für die Bundesbahn. Sechs Jahre später folgte der Umzug nach Münster. Von 1976–1980 war sie für die Firma Hansaluftbild beschäftigt, wo sie nach photogrammetrischen Luftbildauswertungen Straßen-, Autobahn-, Eisenbahn- und Stadtplanungen zeichnete. Bis zu dieser Zeit gab es keine Computer. Die digitale Revolution boomte erst ab den achtziger Jahren. 1984–1986 sammelte sie Erfahrungen auf einer neuen Arbeitsstelle, der Landesanstalt für Ökologie, Nordrhein-Westfalen, bei welcher sie als Regierungsangestellte im Forsteinrichtungsbezirk Münsterland der LÖLF beschäftig war. Während dieser Zeit schrieb sie leidenschaftlich Kurzgeschichten und Liebesgedichte.

Seit 1986 lebt sie in Frankfurt am Main. Über sechzehn Jahre war sie hier beim Amt für Flugsicherung der Bundeswehr in Teilzeit tätig. Gleichzeitig arbeitete sie bei INFRAU, einem interkulturellen Beratungszentrum für Frauen und Mädchen, als Kinderbetreuerin. 1997 bot die iranische Schriftstellerin Shirin Kumm einen Kurs in der Literaturschreibwerkstatt im Frankfurter Verein BERAMI an, an dem sie auch teilnimmt. Ayla Bonacker zählt zu den Gründungsmitgliedern des Literaturclubs der Frauen aus aller Welt. Sie ist verheiratet und hat eine Tochter.

Greß, Tuula: Geboren in Finnland. Nach dem Abitur Aufenthalte in Schweden, Deutschland und England, um ihre Sprachkenntnisse zu verbessern. Zurückgekehrt nach Finnland studierte sie am Spracheninstitut Tampere 1968-70 mit Abschluss Übersetzerin. Sie lebt seit 1971 in Deutschland, wo sie für kurze Zeit Bürotätigkeiten ausübte. Sie war bereits 1997 im Literaturkreis von Shirin Kumm und wurde anschließend Mitglied in dem daraus entstandenen „Literaturclub der Frauen aus aller Welt." Gehört auch einer kleinen Gruppe finnisch schreibender Frauen an. Veröffentlichungen in den Anthologien des Literaturclubs.

Höhfeld, Barbara: Barbara Höhfeld, geboren in Dortmund, Autorin, Diplomübersetzerin, schreibt und veröffentlicht Gedichte, Essays, Romane, Übersetzungen, wohnt in Frankfurt am Main. Mitglied im VS Hessen, im Literaturclub der Frauen aus aller Welt, Frankfurt, bei der Literaturgruppe POSEIDON Darmstadt, im Luxemburger Schriftstellerverband u.a. Siehe www.barbara-hoehfeld.de

Horn, Reha: Wurde in Kabul (Afghanistan) geboren und floh gemeinsam mit ihren Eltern vor dem Krieg nach Deutschland. Nach einigen Stationen in verschiedenen Asylheimen verbrachte sie die größte Zeit ihres Lebens im Taunus, wo sie auch zur Schule ging. Als sie noch nicht lesen konnte, las ihre Mutter ihr Gute-Nacht-Geschichten vor, von denen sie nicht genug bekam, sodass sie dann in früher Kindheit beschloss: „Sobald ich lesen kann, höre ich nie mehr damit auf!" Reha verbrachte die größte Zeit ihrer Kindheit – seit sie lesen konnte – in der Stadtbücherei Steinbach im Taunus, und noch heute stöbert sie gerne in Büchereien. In Frankfurt am Main, wo sie noch bis vor kurzem lebte, studierte sie Pädagogik mit dem Schwerpunkt Erwachsenenbildung und schloss mit dem Diplom ab. Sie arbeitete mehrere Jahre in der Bildungsberatung als Beraterin und ist heute als Personalerin tätig. Im Literaturclub der Frauen aus aller Welt e.V. ist sie seit 2012 Mitglied. Von September 2015 bis Mai 2017 war sie Vorstandsmitglied.

Kraslová, Radvana: Geographin, Verlagsredakteurin, Reisebegleiterin, Journalistin, Übersetzerin. Sie kam 1988 aus Prag nach Frankfurt, um mit einem tschechischen Emigranten hier eine Familie gründen zu können. Schon in Prag publizierte sie in Zeitschriften, nach der Wende setzte sie diese Tätigkeit als freie Journalistin fort. Sie bemüht sich um eine kulturelle Annäherung Tschechiens und Deutschlands, auch im Rahmen der Buchmesse. Seit 1997 nimmt sie an den Aktivitäten des Literaturclubs der Frauen aus aller Welt teil, war zuerst auch im Vorstand. Sie beteiligte sich ebenfalls an der Herausgabe von allen seinen Anthologien.

Kuryanovich, Elizaveta: Ich komme aus Sankt Petersburg und lebe in Frankfurt. Ich studierte Mathematik, Religion, Philosophie, Englisch und Betriebswirtschaft sowie Yoga in Sankt Petersburg, Mainz, Glasgow, auf Koh Samui und in Lonavla. Ich arbeitete als Übersetzerin, Redakteurin, Wissenschaftlerin, Projektmanagerin und Yoga Lehrerin. Meine Arbeitgeberliste umfasst Children's Fund of Great Britain, ASB Arbeiter- und Samariterbund, University of Glasgow, ARD und Deutsche Bank. An allen Universitäten meines Lebens lernte ich auch zu schreiben: auf Russisch in Sankt Petersburg bei Prof. Alexei Kriwonosow, auf Englisch in Glasgow bei Dichterin Lorna Callery und Dr. Catherine Emmots, auf Deutsch in Frankfurt beim Schriftsteller Peter Schwindt. Ich schreibe Gedichte und Prosa auf Deutsch, Russisch und Englisch.

Tirreno, Venera: Ist in Italien geboren und lebt seit vielen Jahren in Frankfurt. Neben dem Studium der Betriebswirtschaft hat sie lange Jahre bei einer Großbank im Kreditgeschäft gearbeitet. Eine Tätigkeit, die sie aufgegeben hat, um sich der Literatur zu widmen. Während dieser Zeit entstand ihr erstes Buch „Sizilien... vergessen!" 2007 ist dieses Buch in italienischer Sprache erschienen und wurde in Sizilien mit dem Preis „Chimera d'argento" prämiert. Seit 2002 ist sie Mitglied des Literaturclubs der Frauen aus aller Welt e.V., dessen Vorstand sie seit 2004 angehört. Sie hat für die italienischen Zeitungen „Click Donne 2000" und „Corriere d'Italia", geschrieben, in denen einige ihrer Gedichte und andere Artikel publiziert worden sind. Sie hat auch Erzählungen und Gedichte veröffentlicht, die in Anthologien aufgenommen wurden. Neben dem Schreiben unterrichtet sie heute Italienisch, arbeitet als Übersetzerin und veranstaltet literarische und künstlerische Vorträge.

Wölbert, Gisela: Sie ist in Morshausen im Hunsrück geboren und aufgewachsen. Nach längerer Bürotätigkeit holte sie das Abitur nach und studierte Germanistik, Anglistik und Pädagogik. Sie forschte über Literaturgruppen in London, arbeitete in der Erwachsenenbildung und unterrichtete Deutsch als Fremdsprache. 2004 absolvierte sie die Ausbildung zur Gruppenanalytikerin. Parallel zu ihrer gruppenanalytischen Arbeit schreibt und veröffentlicht sie Reportagen, kurze Erzählungen und Lyrik in Zeitungen, Zeitschriften und Anthologien. Mitglied des Literaturclubs ist sie seit 2011.

Yavuz, Tülin: Geboren in Deutschland, aufgewachsen in der Türkei und Deutschland. Schule in der Türkei und in Deutschland. Studium der Psychologie in Deutschland und den USA. Niedergelassen als Psychologische Psychotherapeutin.

Wir Frauen des Literaturclubs mit unserem Lektor Thomas Beckermann während der Arbeit an dieser Anthologie.

Frankfurt, September 2018

Frühere Anthologien

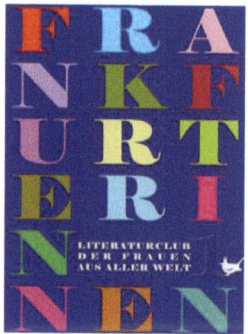

Größenwahn Verlag,
2015

Brandes & Apsel
Verlag, 2010

Glaré Verlag,
2005

Glaré Verlag,
1999